中公文庫

め ざ め

赤川次郎

中央公論新社

目次

めざめ

1　悲劇

洗濯物を乾燥機に移しているとき、また電話が鳴った。

美知代《みちよ》は、反射的にタオルで手を拭ったが、思い直して、

「あなた！　電話に出て」

と、居間にいるはずの夫へ声をかけた。

聞こえないはずはないと思うのだが、電話は鳴り続けている。——結局、美知代が諦《あきら》めて廊下を小走りに駆けて行くことになった。

出たくないもんだから、もう！

「——はい」

と、受話器を上げて、「——もしもし？」

出なければ良かった。やはり無言電話。もうこれで三回めだった。

「もしもし。——隆士《たかし》さんでしょ？　いい加減にして下さいね、本当に」

プツッと切れて、後は断続的なツーツーという信号音。美知代はため息と共に受話器を

戻した。

「――あなた」

居間で新聞を広げている夫は、

「あいつか」

「たぶんね。何も言わないから分らないけど……。あなた、次は出てよ」

「放《ほ》っときゃいいんだ。その内、諦める」

「まさか、出ないわけにいかないでしょ。美沙《みさ》が遠足なのよ。もし、ケガでもして、その連絡だったら……」

美知代は、それ以上言わずに、乾燥機の所へ戻った。

夫、柳原啓介《やなぎはらけいすけ》も、よく分っているのだ。ただ、自分の弟のことだけに、妻から非難されるといい気持はしないのだろう。

長男である啓介は、弟の隆士に対して甘い。それが隆士をだめにして来たところもある、と美知代は思うのだが、夫に向って、そうはっきりとは言えない。

誰しも、自分のしくじったことについては自分が一番よく知っている。だから、人からそれを指摘されるとむきになって反発したりするのだ。

でも、相手は子供ではない。もう三十四歳で、美沙と同じ十一歳の女の子、リカもいる。それで何かといえば兄の啓介を頼ってくるのだから、困ってしまうのである。

――乾燥機がゴーッと低い唸《うな》りを上げて回り始めた。

正直、美知代は怖い。最近の隆士の様子はちょっと普通ではない。夫はそう思わないらしいが、美知代の目には、夫が「わざと目をそむけている」と映る。

何か――その内、何かとんでもないことにならなければいいけれど。

穏やかな秋の日曜日で、一人っ子の美沙はバスで遠足。昨日の天気予報が「曇ときどき雨」だったのに、今日のよく晴れたこと。

ただでさえ元気な美沙が、今朝はまた一段と勢いよく飛び出して行った。美知代はおかげでいつもより一時間半も早く起きてお弁当作りをしなくてはならなかったのだが。

寝直すのも面倒で起きてしまったから、一日が長い。――こんな休日も、たまにはいいものだ、と思ったりした。

乾燥機が勢いよく回って、ガタガタと音をたてる。――こんな上天気なのだから、本当なら干せばいいようなものだが、この数日、ちょうど建て替えている数軒先の家から、たき火の灰が飛んで来て洗濯物にくっつくので、乾燥機を使っている。

苦情を言ってやればいいようなものだが、自分の所もまたいつか迷惑をかけることがあるかもしれない。そう思うと、後々のお付合いもあるし、と遠慮してしまう。これは、美知代の性格というもので、その点、夫の隆士に対する態度ばかり責めるわけにはいかない。

電話？――まただわ。

乾燥機が回っていると、かなり大きな音がするので、聞こえにくい。でも、夫は出てくれそうになかった。

仕方なく急いで行って、

「――はい。もしもし？」

相手はやはり無言。美知代もさすがに頭に来て、

「いい加減にしないと、警察へ知らせますよ！」

と言ってやった。

電話が切れる。――美知代は乾燥機の所へ戻りながら、言いようのない不安がこみ上げてくるのを覚えた。

なぜ？　この不安はどこから来るのだろう？

タオルで乾燥機の濡《ぬ》れたへりを拭いながら、その理由が分った。

電話の相手は無言だったが、背後に車の音やかすかな人の話し声が聞こえていた。その「背後」の音が、受話器を取る度に大きくなるような気がしていたのだ。

隆士は、少しずつこの家に近付いているのかもしれない。ここへ来る途中で、電話している。

どうしてだろう？　来るのは、また、

「金を貸してくれ」

と頼むためと分っているが、なぜ無言電話をいちいちかけて来るのか。

金を貸してくれと頼むのは、「普通のこと」だが、無言電話のくり返しは、「普通じゃない」。

でも、いちいち気にしても仕方ない。

そう自分へ言い聞かせ、それでも、つと玄関まで行って、チェーンをかけたりした。

居間から、夫が出て来ると、

「ちょっと駅まで行ってくる」

「でも――」

「何か用事か？」

隆士が来たら、と思ったのだが、まるでそれでは居直り強盗扱いだ。

「いいけど、早く帰って来てね」

とだけ言っておく。

啓介は、キーホルダーを手にサンダルを引っかけると、

「一時間くらいで帰る」

と言って、玄関のドアを開けようとした。

「――何だ、チェーンなんかかけて」

と顔をしかめる。

美知代は何も言わなかった。

啓介が出て行くのを待って、鍵《かぎ》をかける。

――チェーンは？　啓介が戻ったとき、自分で鍵をあけて入ろうとしたら、困るだろう。仕方ない。かけずにおこう。

――美知代はたいてい家にいるが、掃除機を使っていると、チャイムを鳴らされても気付かないことがある。

「心配のしすぎかしらね」

と、自分に言い聞かせるように口に出して、美知代は軽く息をつくと、二階へ上って行った。

また赤信号だ。

修《おさむ》は舌打ちして、仕方なくブレーキをかけ、自転車を止めた。

タイミングの良し悪《あ》しというものか、一度赤信号に引っかかると、信号の度に赤で、止らなくてはならなくなる。

次の信号ではスピードを上げて、ぎりぎりでも突っ切っちまおうと思うのだが、それには交差する道の交通量が多すぎた。

いくら修が運動神経に自信を持っていても、目の前を地響きたてて走り抜ける大型トラックの鼻先をかすめる度胸はない。万一引っかけられでもしたら、この自転車なんか、へナへナの針金のように簡単に潰《つぶ》れてしまうだろう。

修は腕時計にチラッと目をやった。

どうしても見ておきたいアニメがあって、家へあと五分で帰り着きたかったのだが、いつもの修なら悠々《ゆうゆう》だ。このいまいましい赤信号さえなかったら！

「畜生！　早く変れよ！」

信号が意地悪でもしているようだった。信号はいつまでたっても赤のままで、修がにらみつけるとべえと舌でも出しそうだ。

やっと青になった！

修は、並んでいた自動車よりはるかに早く飛び出した。このとき、もし赤になったのを無理して横切って行く車があったとしたら、修は間違いなくはねられている。

幸い、今のところそういう無鉄砲なドライバーはいなかった。今のところは。

——佐伯《さえき》修は、十四歳の中学二年生である。

小学生のころはチビだったのだが、中学に入って急に背が伸び、今はほとんど父親と変らないところまで来た。至って健康で、ここまで大きな病気一つせずに来た。

修自身、自分が「元気で、永遠に死ぬことなんかない」と思うことがあったくらいだ。

修はペダルを踏む足を、更に速く動かした。——柳原家に一番近い交差点まで、五百メートルほどの所に、修はいた。

　そのとき、柳原啓介は駅まで行こうと歩き出して、弟の隆士と出会っていたのだ。

「隆士。お前――」

と、啓介は顔をしかめて、「何しに来たんだ」

　チラッと今出て来た我が家の方を振り返る。

　正直なところ、弟と出会うことそのことよりも、美知代に文句を言われるのが煩《わずらわ》しい。

　何しに来た、なんて訊《き》かなくても、金の話だということは分っている。

「もうこれきりだよ」

と、隆士は言った。「ちょっと中で話そう。すぐ帰る」

　隆士は、古いデパートの手さげ袋を持っていた。何が入っているのか、重そうだ。

「その辺の喫茶店でもいいだろ」

　美知代に会わせたくなかったのである。

「義姉《ねえ》さんにも、ひと言挨拶《あいさつ》して行きたいんだ」

「行く？　どこへ？」

「やっと、目処《めど》がついてね。大阪の友だちが仕事を世話してくれることになったんだ。女房とリカも一緒さ。ちゃんと住む所もある。コツコツ働いて、借金を少しずつでも返していくさ」

隆士の置かれている状況を考えれば、そんな呑気《のんき》な話があるわけはないと分るはずだが、啓介は「信じたいこと」を信じてしまった。

「そうか。良かったな、そいつは」

「もう、二度と迷惑はかけないよ。悪かったと思ってさ。久子も、『ちゃんとお詫《わ》びしてからじゃないと、行けないわ』って言うもんだから」

「分った。じゃ、入れよ」

啓介は、我が家の玄関へと戻りながら、「――さっきから無言電話が何回もかかってて、美知代がピリピリしてるんだ。お前じゃないんだろ？」

「俺《おれ》が？　どうしてそんなことするんだ？」

と、隆士は乾いた笑い声を上げた。

注意深く聞けば、普通と違う笑い声だと気付いたかもしれないが……。だが、結局は何も気付かず、啓介は自宅の玄関を、自分の鍵で開けた。

「上れよ」

と、啓介は言って、二階へ、「美知代。――おい」

掃除機の音が聞こえている。

「あれをやってると、聞こえないんだ。その内下りて来るさ」

啓介は、居間へ入ると、「いつ、発《た》つんだ？」

と言いながら振り向いた。

軽くなった紙袋がフワリと床へ落ちた。

隆士の両手が、五十センチもある鉈《なた》をつかんでいた。

「隆士――」

最後に弟の名を呼んだことを、啓介は悔むことになった。せめて――どうしてせめて美知代か美沙の名を呼ばなかったのか。

鉈が空を切って振り下ろされた。


今の――玄関のドアの閉る音じゃなかったかしら？

掃除機のスイッチを手もとで切ると、美知代は耳を澄ました。下は静かで、何も聞こえない。

けれども、あれは確かにドアの閉る独特の音だった。

「あなた」

と、美知代は階段の上から呼んだ。「あなた？　いるの？」

掃除機を置くと、美知代は階段を下りて行った。

玄関を覗《のぞ》くと、夫のサンダルと男物の靴《くつ》。見憶《みおぼ》えがある。隆士のものだ。

「あなた――」

居間へ入ろうとして、美知代は見えない壁に突き当ったように足を止めた。

予想もしなかった光景ではあったが、美知代は何が起ったのか、すぐに察した。

夫はもう生きていない。血がバケツでぶちまけたように飛び散った中で仰向《あおむ》けに倒れている姿を見ただけで、即座に分ることだった。

逃げなければ。

とっさに美知代が思ったのは、そのことだった。そして、美沙を守らなければ。

美知代は玄関へ出ようとして、そこに立っている隆士を見た。

返り血で、殺された啓介とほとんど変るところのないくらい濡れている。手にさげた大きな刃物が鉈と見分けるのにも、あまりに血に覆《おお》われていた。

美知代は、震えなかった。青ざめもしなかった。むしろ胸を張り、正面から義弟を見据《みす》えて、

「そこをどいて」

と言ったのである。

隆士は、ほとんど目に表情らしいものが見えなかった。兄を殺して放心状態にあるのだろう。

「そこをどいて」

と、美知代はくり返した。

隆士のしたことに一切触れなかったからだろうか。隆士がフラッと風にでも吹かれた旗のように横へ移動した。玄関への空間が開いた。

美知代は、隆士の方を無視して玄関へ歩いて行った。おそらく――そのまま真直《まっす》ぐ外へ出ていたら、無事だったろう。

不運は、じっと玄関のドアを見つめて足下の、隆士の血の足跡に気付かなかったことだ。血のりを踏んだ足がズルッと滑って、アッと声を立てる間もなく美知代は玄関へ転げ落ちていた。

したたか、肘《ひじ》と腰を打ち、すぐには起き上れない。――こんなときに！　よりによって！

それでも、まだ逃げられるかもしれない。

必死で痛みをこらえ、ドアへと手を伸す。もつれた足が夫のサンダルを引っかけた。膝《ひざ》をついて、手がドアのノブをつかんでいた。開けて、外へ――。開けて。

ガシャッと音がして、ドアは十センチほど開いて止った。

チェーンがかかっている！

「――みんな逃げたんですよ」

隆士の声が頭の上から降って来る。

ハッと振り向くと、隆士は玄関の上り口に立って、無表情に美知代を見下ろしている。

「久子も……リカも逃げた。父親を捨てて。ひどい奴《やつ》らだ。ねぇ？　――金さえありゃ、兄さんが金さえ貸してくれりゃ、こんなことにならなかったんだ……」

隆士の淡々とした語りは、その凄《すさ》まじい格好の恐ろしさを更に増した。

「――兄さんは何でも持ってる。俺にゃ何もないんだ！　こんなひどい話ってありますか？」

声が少し震える。

今の内に……。今の内に何とか……。

美知代は、ドアをそっと閉め、ノブにつかまって、何とか立ち上った。

チェーンを外して。外へ出られさえすれば――。

隆士に背中を向けるのは恐ろしかった。あの鉈が襲いかかって来るような気がして。

隆士を見たまま、美知代は手でチェーンを探した。

お願い、神様！　時間を下さい！

やった！

修は信号が目の前で赤に変るのを見た。しかし、突っ切って行ける。自信があった。

いつも、こんなタイミングなら行ってしまってる。

平気だ！

ブレーキをかける代りに、ペダルを踏む足に力をこめた。

その鼻先へ、巨大な壁のように大型トラックが進み出て来た。

ブレーキは間に合わない。ハンドルを思い切り切った。

が、自転車のお尻《しり》が振れてトラックのボディにぶつかり、まるで巨人の指先で弾《はじ》かれたように、修の体は自転車と共に宙を飛んだ。

これって、どうなってるんだ？

宙を飛びながら、修はそう考える余裕さえあった。

地面に叩《たた》きつけられたときも、痛みはほとんど感じなかった。——ただ、宙で回転し、地面ではね返されて転って、どっちからトラックが来るのか、分らなくなってしまったのだ。

ともかく立とうとした。片足に力が入らなかったが、それでも何とかフラッと立った。

そして顔を上げると——トラックが正面からやって来たのである。

チェーンが……。

どうして？　どうして外れないの？

美知代は叫び出しそうになった。チェーンの鎖がねじれていて、外そうとしても一杯にのびないのだ。焦《あせ》っていた美知代には、それが分らなかった。

「僕はね」

隆士が玄関へ下りて来た。「あなたが好きだったんだ。本当ですよ。でも、義姉《ねえ》さんは僕を毛嫌《けぎら》いしてた。僕があげた物だからって、香港《ホンコン》のおみやげを捨てちまったって。兄貴から聞いたんです。――そんなことしなくたって……。ひどいじゃないか」

香港みやげ、と言って何やらお菓子らしいものをくれたのは、旅から帰って一か月もたっていたのだ。かびの生えたそれを、もちろん捨てた。

あのころ――もう一年も前のことだが、あのころから隆士はおかしくなっていたのだ。

どうしてもっと早く――何とかしなかったのだろう。

鉈がドアに食い込んだ。美知代は、よけようとして、尻もちをついた。

ドア一枚の向う。そのほんの何センチの向うに、出られさえしたら。

だが、もうどうすることもできなかった。

つかんで投げつける物もなく、隆士の足にでもかみついてやりたくても、体を起すのがやっとだった。

「義姉さん！」

隆士が、鉈を振り上げた。

美沙！――美沙！

美知代は、むだと知りつつ両手で頭を抱えた。

死にたくない！　美沙！

銃がシュッと音をたてた。

ごめんなさい。美沙！

トラックは修の体をゴムの人形か何かのようにはね飛ばし、続いて車体の下へ巻き込んだ。

ブレーキの音が、鋭い女の悲鳴のように交差点に響き渡った。

2　叫び

肘かけについた左手が外れてガクッと頭が落ちそうになり、

「ワッ！」

と、美沙は声を上げた。「――ああ、びっくりした」

隣の席でクラスメイトの恵美《めぐみ》が笑い出している。

「いつ寝ちゃったんだろ？」

と、美沙は欠伸《あくび》した。

「美沙って元気だね」

と、やや細身で神経質そうな（当人は「センサイなの」と称しているが）片倉恵美は言った。

「元気で悪いか」

と、美沙は言い返した。「――なんだ、先生も寝てる」

バスは一路、学校へと帰途についていた。

遠足といっても、お弁当を食べるだけではすまず、結構今の子にはしんどい山道があったり、フィールドアスレチックみたいな吊《つ》り橋があったりした。

その橋を渡るときの女の子たちの騒ぎと悲鳴の凄まじさは、山の猿《さる》がびっくりして見物に来たくらいであった……。

騒いではしゃいで、日に当って、たらふく食べりゃ、後は眠るだけしかない。

五年二組の三十七人は帰りのバスの中、三十人は確実に寝ていた。そして担任の先生も……。

「そりゃそうだよ」

と、恵美が首を伸してバスの前の方を眺《なが》め、「先生は私たちの倍も疲れてるもん」

「それにトシだし」

「そうそう」

「可哀《かわい》そうにね。明日は代休だから一日中寝てんだよね、きっと」

と、美沙は言った。

「でも、奥さんから、『休みっていうとグウタラして！』って邪魔にされるんだよ」

「そうそう。畳に寝転んでると、ハタキか何かでパタパタ叩かれたりしてね」

「そうすると、ノソノソ動いて他の部屋に行く」

「そっちも掃除っていうとまた他の所に」

「ブツブツ言いながらね」

二人は笑い転げた。

どっちも、似たような「父親像」なのであろう。

「先生、座席から落っこちそうだ」

と、美沙は覗いて言った。「起すのも可哀そうだね」

ピッピッ。——後ろの方の座席でＴＶゲームをやってる男の子がいる。

「遠足に来て、あんなもんやんなくても」

と、美沙が言うと、

「放《ほ》っとけばいいのよ。男の子なんて、みんなあんなもんだから」

美沙は、分ったような顔で肯《うなず》いて見せる。

「そうだね。あのまま大学生になって、社会人になったら、怖いね」

二人して、日本の将来を憂えている内に、バスは何となく見憶えのある町並へと入って来た。

「――あ、そうだ！」

と恵美がため息をついた。「今夜、ピアノのおけいこだ」

「行くの？」

「行かないとママが『お月謝、高いのよ！』って目、吊り上げて怒るんだもん」

「ご苦労さん」

と、美沙は言ってやった。

そのとたん、グーッとお腹《なか》が鳴って、美沙は、「今夜のおかず、何かな」と考えていた……。

「あそこだわ！」

落合《おちあい》淳子《じゅんこ》が車を停《と》めて現場に下り立ったとき、まだ他局のスタッフはどこも来ていなかった。

やった、と淳子は思った。——知らせを聞いたのが、この近くに取材で来ていたところへの携帯電話。

兄から借金を断られた男が、兄とその奥さんを惨殺《ざんさつ》。——とりあえず聞いていたのはそれだけだった。

「家を撮って。——向うから！　道からずっとなめてね。何か事故があったのね」

交差点に大きなトラックが停《と》まっていて、パトカーがいる。しかし、この家の前のものものしさとは比べものにならなかった。

「入らないで」

と、警官に止められたが、

「ＫＢＳです。ちゃんと話はしてあります」

何も話しちゃいないのだが、強引にその玄関へと突き進む。

すると、半開きのドアからのっそりと出て来たのは——。まずい！

淳子はあわてて戻ろうとしたが、

「逃げるのか」

と、その刑事に呼びかけられる。

「あ、いえ——。ちょっと忘れもので」

と、淳子は早口に、「でもいいんです。ちょっとぐらい髪が乱れてた方がリアルで」

「中はだめだ」

と、その刑事が言って、振り向き、「おい、ドアを閉めとけ」

「撮っちゃいけませんか」

「むだだ。どうせＴＶにゃ流せんぞ」

「そんなにひどいんですか」

「ああ。――可哀そうに」

と、刑事は首を振った。「君は――何ていうんだっけな」

「落合淳子です」

「ああ、そうだ。隣のトウフ屋のかみさんと似てるんだ。それで憶えてた」

「どうも……」

淳子は三十一だが、「かみさん」と似てると言われると、やや気分は複雑だった。

この人、何ていうんだっけ？　――必死で頭の中のリストをめくる。

ああ、そうだ！

「山口さん……でしたよね。犯人、もう捕まってるんですか？」

「返り血を浴びてフラついてたんだ。わけの分らんことを口走って。もう連行した」

「そうですか……」

せっかく早く着いたのに。これじゃ何もメリットがない。

「山口さん」

と、若い刑事が駆けて来た。

「どうした」

「今、隣の家で聞いたんです。この家《うち》の子が今日は遠足なんだそうです」

「学校の？」

「バスで朝早く出かけたそうで。――どうしましょう」

「学校はどこだ？」

「この裏手の区立の小学校です」

「誰かいるだろう。行ってみよう」

「はい」

淳子は、話を聞いていて、あわてて山口にくっついて歩き出した。

「――来るな」

「いいじゃありませんか。――ね、子供がいたんですね。男の子？　女の子？」

「女だ」

「遠足に行ってて、命拾いしたんですね」

「そういうことだな」

山口は、ほとんど走るような足どりで学校へと急いだ。

校門の所に、いかにも教師という感じの男性が二人、立ってタバコをふかしている。

「失礼！　こちらの先生ですか」

と、山口は大声で言った。

大柄《おおがら》で、迫力のある刑事の声に、二人の教師はギョッとしてあわててタバコを投げ捨てた。何も未成年じゃないのだから、捨てなくてもいいようなものだが。

「警察の者です」

「は、どうも。――そういえば、パトカーだか救急車だか、サイレンがやかましかったですな。何かありましたか」

年長の、大分髪の白くなった一人が言った。

「生徒たちのバスは何時に戻るんです？」

「そろそろです。それで出て待ってるんですよ。それが何か？」

「柳原という子がいますか？」

若い方の教師が、

「柳原……美沙ですか」

「名前は分りませんが、すぐそこの交差点のわきの家です」

「ああ、それじゃ柳原美沙です。五年生で、バスに乗ってるはずですが……」

「バスに連絡はつきますか」

「ええ。電話すれば、通じます。引率の先生が携帯電話を持ってます」

二人の教師は不安な面《おも》持《も》ちになって、顔を見合わせた。

「あの……何かありましたか」

と、年長の教師が訊いた。

「柳原美沙の両親が殺されたんです。犯人は父親の弟で。——その子は何も知らずに帰って来るわけですな」

と、山口は厳しい表情で言った。

「そりゃまあ！」

と、年長の教師がポカンとして、「大変だ。——どうしましょう」

「連絡をとりましょう。もし……」

言葉が切れた。

二人の教師の視線を追うと、遠くに狭い道を苦労して曲りながら、大型バスが姿を見せた。

「——遅かったか」

と、山口刑事は言った。

さらにもう一台。

「バスは何台？」

と、落合淳子が訊いた。

「二台です」

と、若い教師が答えた。

「どっちに乗ってるんですか？」

「さあ……。どっちのバスが先に走ってるか分りませんから」

もっともである。

「おい、離れてろ」

と、山口は淳子へ言った。

「どうしてですか？　撮ってもいいでしょ」

「何も知らずに帰って来るんだぞ。ともかく話をしなきゃならん」

山口は、二人の教師と話を始めた。

——淳子も、今の山口の言葉を聞かなければ気付かなかったかもしれない。

両親を殺された少女。何も知らずに、級友と楽しく帰って来た彼女を待っているのは、言いようもない不幸な出来事。

淳子はカメラマンを手招きした。

「バスを撮って！」

と、小声で言う。「刑事から見えないようにね。バスの反対側から！」

「いいんですか？」

「うちだけよ、撮ってるのは。逃せるもんですか」

頬《ほお》に血が上って来た。——こんな瞬間に出会《でく》わすことなんか、何年に一度——いや、二度とないかもしれない。刑事に怒られたって、それが何だっていうの！

ＴＶカメラが、やって来たバスへと向く。

「ＴＶ局だ」

と、片倉恵美が言った。

「え？」

「ほら、バスを撮ってる」

「本当だ。何だろうね？」

美沙は、窓から表を覗いた。

美沙たちのバスは一台めだった。

「あの女の人、見たことあるよ」

と恵美が言った。「ＴＶに出てる」

他の子たちも、もう目をさまして、目ざとくＴＶカメラに気付いていた。

「何なの？」

「ね、誰？　――ねえ！」

ワッと、みんなが片側へ寄って来て、カメラに向ってＶサインを出して見せたりしている。

「何か言ってる、あの人」

と、恵美が言った。

バスは校門の前で停った。マイクを持った女性が、窓の下へ駆け寄って、何か言っていた。

誰かが窓を開けた。

「――柳原さんって、乗ってる？」

甲高《かんだか》い声は、美沙の耳にも届いた。

私？　私のこと？

同じ学年で、柳原は他にいない。恵美が面白がって、

「美沙、何かやったの？」

と、からかった。

他の子が、美沙のことを指さして教えると、バスの外の女性は、美沙たちの席の下まで走って来て、手を伸して窓を叩いた。

恵美が窓を少し開けて、

「何？」

「柳原さんは？」

「この子です」

と、恵美がどくと、美沙は顔を出した。

「柳原さんってあなた？」

「はい。——何ですか？」

美沙が戸惑いながら外を覗く。

「カメラ！　この子を撮って！」

と、その女の人は上ずった声で言った。

美沙は、少し離れた所にいる男の人が肩にのせた大きなTVカメラのレンズが自分に向いているのを、わけも分らず眺めていた。

「——どうしたんですか？」

と、恵美が訊いた。「美沙がどうかしたの？」

外の女性は、何か言いかけて、ためらった。

「あの……美沙ちゃんというの？」

「はい」

「あのね……大変なことが……」

美沙の胸に、初めて不安がよぎった。何かとんでもないことがあったのだ。

「――柳原!」

そのとき、バスの前の方で先生の声がした。

「おい、柳原。――こっちへ来い」

先生の顔が青ざめている。「みんな、校門の中へバスが入るまで降りるな! 柳原、お前だけ、降りるんだ」

「先生……」

「いいから、早くしろ」

美沙は、バスの前の乗降口まで行くと、席で不安げに見送っている恵美の方を振り返った。

「どうしたの、先生?」

と、そばの子が訊く。

「後で話す。――柳原、行け」

「はい」

バスを降りると、目の前に知らない大柄な男の人が立っていた。

「君が柳原美沙君か」

と、太い声で言う。

美沙は黙って肯いた。

バスが動き出し、その男は美沙の肩をつかんで、わきへよけた。

二台のバスが校門の中へ入って行く。窓から、大勢の顔が美沙を見ていた。

「――警察の者だ」

と、男は言った。「山口というんだ。よろしくな」

美沙は体が震えた。――何が起ったのか、訊く勇気もない。

「君はいくつだ」

と、山口刑事が訊いた。

「十……一」

「十一か。――しっかりしろ。辛《つら》いと思うが、話さなきゃならん」

山口は、少女の肩を強く抱いて、「君が遠足に行っている間に、事件が起った……」

と言った。

――落合淳子は、山口が美沙という少女に話をしているのを、ずっと離れて見ていた。

何が起ったのか、あの子に訊かれたとき、さすがに淳子は話す勇気がなかった。

カメラの方を振り向くと、しっかり山口と美沙を撮っている。むろん遠いから声は入らないが、望遠を一杯に使えば、かなり表情は捉《とら》えられるだろう。

でも……撮っていいのだろうか？

一瞬、淳子の胸が痛んだ。両親の死を知らされたときの少女の顔を、TVに出すのはあまりに酷だ。もし撮れていても、使えないだろう。

でも……非情なようだが、二度とない機会だという思いも、淳子の中から消えていなかった。

すると——突然、少女がパッと山口の腕から抜け出して、駆け出したのである。

山口も、一瞬、立ちすくんでいた。

淳子は、校門から退《さ》がっていたので、少女の家への道に立っていた。

美沙は、真直ぐ淳子の方へと走って来た。

「おい！　女の子を止めろ！」

と、山口が駆け出しながら怒《ど》鳴《な》った。

淳子は、自分の方へ向って駆けて来る少女の顔を見た。その目は淳子のことなど見ていなかった。

「止めろ！」

と、山口が怒鳴る。「その子に見せちゃいかん！」

そうだ。両親が死んだということを、理解するのだって、十一歳の少女にとって、どんなに困難なことか知れない。

その上、現場を見てしまったら——。

淳子も見たわけではない。だが、銃で殺したということは知っている。おそらく、血だらけの凄惨《せいさん》な光景だろう。

止めるんだ。止めなければ――。

ＴＶカメラが走る少女を追っているのを、淳子は目に止めた。本物なのだ。

ドラマでもやらせでもない、現実の場面なのだ。

淳子は、手を伸して少女を捕まえようと――。だが、少女はほとんど淳子の体をかすめるように駆け抜けて行った。

「待って！」

淳子は、少女を追いかけた。だが、スカートに普通の革靴《かわぐつ》の淳子に、追いつけるわけがない。

「入るな！」

山口刑事がそう怒鳴って、駆けて来ようとして転んでしまった。

淳子を、カメラを肩にのせたカメラマンが追う。

淳子は、少女から数秒遅れて、その家の玄関へと駆け込んでいた。

走って来た勢いで、少女は真直ぐに上って、居間の戸口で立ち止った。

淳子も、靴を脱ごうとして――少女は靴のまま上っていたのだ。

上り口の板の上にも血が飛んでいた。中がやや薄暗いせいで、気付くのに少しかかったのだ。

少女がクルッと居間に背を向けて、玄関の方へよろけつつ戻って来た。

「美沙ちゃん……」

淳子は、血を踏まないように上ると、居間の方を覗いた。

「おい、入るな」

と、誰かが怒ったように言ったが、見てしまったものは、消せない。

居間の床に血に染って倒れている男――父親の姿。

「出ましょう」

と、淳子は美沙の肩を抱えようとして、気が付いた。

真直ぐに上ってしまったので気付かなかったもの。――玄関の隅《すみ》に、うずくまっていたもの。

美沙が見ているものを、淳子も見てしまった。それは――母親だったとさえ言うのにためらうほど、ひどい有様になってしまっていた。どんな憎しみが、ここまで無残なことをさせるのだろう。

不意に、美沙が座り込んだ。

「外へ……出ましょう」

淳子は、しかしそこにいられなかった。

靴もはかずに、転るように表へ出た。

「――見たのか！」

山口が息を切らして駆けて来る。「どうして止めなかった！」

淳子は地面にしゃがみ込むと、頭を両手で抱え込んだ。

「どうして止めなかった！」

と、山口がくり返した。

玄関から――叫び声が聞こえて来た。

甲高く、金属を釘《くぎ》でこすってでもいるような叫び声が。

その声は、限りなく続くサイレンのようだった。

山口が大きく息をついて中へ入って行く。

淳子は両手で力一杯耳をふさいだ。だが叫び声は、淳子の脳へ突き刺さるような力で、鼓膜《こまく》を震わせていた……。

3　奇跡

奇跡などというものは存在しない。

それが永田医師の、長年の経験から得た信条だった。

奇跡は存在しないが、「ツイてない日」というものはある。――何だか矛盾しているような気もするが、事実はどうにもできない。

一日に三回も、患者の家族に向って、

「ご臨終です」

と言わなければならない日というのは、やはり永田医師の長いキャリアの中でも、格別に「不運な日」である。

「――全くいやになる」

と、病院の大食堂で、食事のトレイを運びながら、永田は近くにいた同僚の方へ向って言った。

「何ごとです？　永田先生がグチなんか、珍しい」

五十四歳の永田から見れば、その同僚は十歳近くも年下。

少し早めの夕食をとりながら、

「今日は三人も逝《い》っちゃってね」

と、永田は言った。

「そうですか。外科は手術が多くて大変ですね」

「しかも、その中の一人はまだ十四歳の子供でね。男の子でね」

「ほう」

「自転車に乗っていて、交差点で転倒してね。そこへ大型トラックが……」

「十四歳？　家族がショックでしょうね」

「まあね。――救急車で運び込まれたとき、一目でこれはだめだぞ、と思ったけどね。やれるだけのことはやらなくちゃ」

「結局、どれくらい――」

「二時間ほどね。一時間前に心臓が停止。母親が泣きじゃくってね」

思い出したくないのに、ついこんな話ばかりしてしまうのが、医者の因果なところかもしれない。

「そういえば、今度の学会ですが――」

と、相手が話を変えたところへ、

「外科の永田先生。外科の永田先生。至急、救急センターへご連絡下さい」

というアナウンス。

「やれやれ！　また事故か？　それとも階段から落ちたか、穴にはまったか……」

永田は、グチを言いつつも、急いで立ち上って、食堂の入口にある内線専用電話へ駆け寄った。駆けて行ったところが、良心的と言えるだろう。

「――ああ、永田だ。何だ？」

永田は、まだ口の中に食べ物が入っていて、もごもごやっていた。

「――何だと？」

永田は、思わず大声を出していた。「そんなことがあるわけないだろう！」

食堂中の人間が思わず振り向いた。それほど凄《すご》い声だったのである。

「――分った。すぐ行く」

永田は電話を切ると、食事の席へ戻り、まだ手をつけたばかりの盆を持った。

「ああ、僕が運んどきますよ。どうしたんです？」

「うん……。さっき言った十四歳の男の子だが……」

と、永田は言った。

「どうしました？」

「心臓が動き出した」

「――一時間もたってるんでしょ?」

「ああ。家族は誤診だと怒ってるらしい。やり切れんな、全く!」

と、永田はため息をつくと、「じゃ、これは頼むよ」

「ええ」

「俺が盆を運ぶから、君、代わりに家族に会ってくれんか」

もちろん、答えを期待していたわけではない。

永田は、急いで食堂を出た。

「先生――」

看護師が駆けてくる。

「どうした? 確かか」

「はい。びっくりしました。何のきっかけもないんです。ただ、病室を片付けて、戻ってみると、いやに血色が良く見えて。まさか、とは思ったんですが、脈を取ってみたら……」

「……」

「分らんことがあるな、病院ってところは」

永田は病室の前に来て、「――しかし、分ってるだろ?」

「はあ……。一時間近くも心臓が停止してたんですから、脳に血液が行き渡っていませんん」

「そうだ。脳死状態になる。却《かえ》って家族に期待を持たせるのは気の毒だ」

「ですが……」

親の気持は、永田にも分っていた。

ともかく命が助かるということがすべてと思われてしまう。

永田は気が重かったが、思い切って病室のドアを開けた。

「先生！」

ベッドのそばで母親が飛び上った。「修が生き返ったんです！」

「落ち着いて」

と、永田は無表情に言った。「――珍しいことです。全く生命の徴候はなかったんですからね」

永田は患者の脈をとった。

驚きを顔に出さないように苦労した。こんなにしっかりと打っているとは思っていなかったのである。

心臓は完全に停止していたのだ。その点、永田は自信があった。

「――どうなんですか」

と進み出たのは、姉である。「弟は――助かるんでしょうか」

「かなり、しっかりした脈です。――しかし、問題はですね、一旦《いったん》心臓が止った、ということなんです。血液が脳にも行き渡らない。つまり、細胞が死んでしまうということなんです」

母と娘は、手を取り合った。

「先生、それじゃ修は……」

「その覚悟をなさっていて下さい。肉体的な機能はある程度回復しても、恐らく――意識が戻ることはありません」

母親はキッと永田を見据えて、

「奇跡は起ります！」

と言った。

永田はドキッとした。「奇跡は起きない」という永田の信念を知っていて言われたような気がしたのである。

「現に、一旦止った心臓が動いてるじゃありませんか！　これだって、『信じられないような』ことなんでしょ。じゃ、もう一つ起ってもいいじゃありませんか」

親の気持としては、永田にも分る。

だが、医学的現実というものも、また存在するのだ。

「ともかく再度、様子を見ましょう。もし何か変化があれば……」

「お母さん！」

と、姉が言った。「目を開けた」

永田も患者の瞼《まぶた》がゆっくりと開いて来るのを見て、自分の目を疑った。

いや、開くだけだ。目は見えても——万が一だが——見えたとしても、それが何なのか、今のこの患者の状態では判断できないに違いない。

「修！——修！　しっかりして」

と、母、朋子《ともこ》はベッドへ駆け寄って、我が子の手をつかんだ。

「修、分る？　私よ。みどりよ」

と、姉も母の持った右手でなく、左手をつかんだ。

「母さんが分る？　——修？」

永田は、いささか苦い思いで、その光景を眺めていた。

長い間脳に血が流れないときには、当然、こうなるのだ。

すると、姉のみどりが……。

「お母さん！　こっちを見てる！」

まさか。——気のせいさ。

永田も身をかがめて、患者の顔を覗き込んだ。

そして——確かに、患者の少年の目がしっかりとした表情を浮かべていたのだ。

包帯に巻かれた少年は、その目で、母と姉に語りかけるように見えた。

これは、確かに「分っている」目つきだ。

こんなことがあるのだろうか？

「修、母さんの声、聞こえる？　聞こえるなら肯いて見せて。小さくでいいから！　お願いよ！」

母親の、振り絞るような声。

そして、長い長い——といっても、たぶんほんの十秒ほどのことだろうが——沈黙。

だが、その永遠かと思えるほど長い時間の後、少年の頭は誤解のしようがないほどはっきりと肯いたのだった。

「——修！　分るんだわ！　先生、どうです！」

母、朋子が、永田の腕をつかむ。

「お母さん！　だめよ」

と、みどりが母をたしなめた。

「いや、これは奇跡だ」

永田も、まだ自分の頭の中までこり固まってはいないので、素直に驚いていた。

「奇跡なんですよ！　奇跡なんです」

朋子はその場で躍り上らんばかりだ。

「――少し様子を見てから、もう一度検査をしましょう」

と、永田は言った。

「修！　――もう二度と逝《い》っちゃだめだよ」

朋子は涙を拭っていた。

少年――修は、もう一度、小さく肯く。

「良かった！　お母さん、助かったのよ！　修、死ななかったのよ！」


修。――修。

その声は、まるで遠く空の彼方《かなた》から聞こえてくるようだった。

誰の声だろう？　修って、誰のことなのかしら？

それにしても悲しげな声。悲痛な――そう、たぶんあれは母親の声だ。

我が子を呼んでいる母親。そうでもなければ、あんなに悲しげには響くまい。

修！　――修！

その声は少しずつ雲が晴れていくように、はっきりと聞こえて来た。

泣き叫ぶ声。我が子を失った親の声。

でも――そうだ。美沙。美沙、あんたは大丈夫ね。あんただけは、無事でいてくれる……。

あんただけは……。

いえ、そうじゃない。私。私も生きてるんだわ。

こんなことを考え、人の声を聞いていられるんだもの！　そうだわ。私も助かったんだ。

信じられないようではある。あの状況で、どうやって逃げられたのだろう。

はっきりと瞼に焼きついている。狂った目がこっちを見下ろし、手にした鉈が振り上げられるのを。

いえ、それだけじゃない。鉈が振り下ろされて、首筋へ切り込んだ、あの引き裂かれる苦痛。二度、三度まで、憶えている。

そして、やっと苦痛から解放されたのだったが……。

あのとき、死ななかったのだろうか？

自分でふしぎがるのもおかしなものだけれど……。

「修！　生きてるんだわ。修！」

とぎれとぎれだった声が、急に耳もとで爆発するように聞こえて、美知代はびっくりした。

どうして私の耳のそばで怒鳴るんですか？

やめて下さい。痛くてたまらないの。体中が、心臓の鼓動だけでもバラバラになるかと思うほど痛いのに。そんな大声を出して……。

そして――何だかまた気が遠くなる感じがした。

「肯いて」

と言われたのだけ分ったので肯いたら、誰かがワアワア泣いている。

生きてるのに、そう泣くことないでしょ。死んじゃったのならともかく。

ボーッとした頭で、そんなことを考えたりして……。

ともかく、美知代は自分が生きていることで、幸せだった。

美沙が、早く見舞に来てくれないかしら、と思った。美沙が来たら、どんなに体中が痛くてもいい。力一杯抱きしめてやろう。

お父さんは死んだ。――たぶん、間違いなく。

私まで死んでしまったら、美沙は一人ぼっちになってしまう。それだけは避けたかった。

――何としても、避けたかった。

美沙。びっくりしたでしょうね。でも、ひどいけがはしてるけど、お母さんは生きてるからね……。

「ともかく、今は休ませて下さい」

医者らしい人がそう言っているのが聞こえた。

目を開けても、何だか人の姿もぼんやりとしか見えない。

「——ええ、息子さんに何かあれば、すぐお知らせしますよ」

「よろしくお願いします」

二人いる。女の人が二人。

「修」というのは「息子」らしい。そして、母親と、どうやら姉。

「じゃ、みどり、お願いね。今夜はお母さんここに泊るから。あんた、帰って、明日必要な物、持って来て」

「私も泊りたい」

「でも、二人もあのソファで寝られないわよ。——いいわ。それじゃ、お母さん、廊下で寝るから。毛布かぶってれば、寒くないわ」

「うん！　それじゃ、色々持って来る」

姉の方は、「みどり」というらしい。

弟が入院していて、その名は「修」という。

美知代にも、それくらいのことは分った。

同じ病室の子なのだろうか。

一つの病室に、自分のような「おばさん」と男の子が一緒？　珍しい話だ。

「——お母さん」

一旦出た姉のみどりが、またドアを開け、

「お母さん。看護師長さんに声をかけられたの。ご挨拶して」

「はいはい」

と、母親の方も急いで出て行く。

廊下では、看護師長さんに挨拶の声。

でも……。

美知代は、何だか落ちつかなかった。

「手も足も、骨折しているようで、他にもあちこちあるでしょう……」

こんな状態じゃ話もできないわ。

ねえ……。

美知代は、頭の向きをゆっくりと変えてみた。本当は、あまり動くからといって、いい気になってキョロキョロしていると肩の傷にも響く。

でも、漠然《ばくぜん》とした不安が、美知代の心へ忍び入って来ていた。

どこかおかしい。何かが。

何がおかしいのか、よく分からなかったが……。

しだいに視界がはっきりしてくる。写真のピントが合うように、薄暗い中ではあるが、病室の様子が分ってくる。

ここは……個室だ。

どう見てもう一つベッドがあるとは思えない。

でも、あの人たちが言っていた「修」というのは、誰のことなのだろう？

窓の方へ目をやると、誰かの顔が見えた。

ドアが細く開いていて、廊下の明りがベッドへ射《さ》している。その明りが、寝ている美知代の顔を照らしていて、窓ガラスに映っているのだった。

でも――あれは私じゃないわ。

少し頭を動かしてみた。同じ動きを、窓ガラスの中の少年がしていた。

少年だ。頭や腕や胸や、至るところ包帯でグルグル巻かれているが、顔は見分けられた。
十四、五歳の、たぶん中学生くらいの、男の子である。
美知代は、片目を閉じ、開けた。小さく頭を左右へ動かした。

――恐ろしい考えが、美知代の血の気をサッとひかせる。

あれが私？

そんな馬鹿《ばか》な！　私は三十七歳の主婦なのよ。私は、柳原美知代なのよ。

しかし、それを信じないとすれば、すべてが幻だとでも思うしかない。

その少年が、美知代なのだった。

気が遠くなった。――美沙。美沙！　助けて！

お母さんを助けて！

美沙！　ここへ来て……。ここへ……。

4　転　居

「お父さん」

みどりの、その声には非難の調子がこめられていた。

病室のドアの所に、くたびれたコートをはおった男が立っていた。

「早かったのね」

みどりの皮肉は、はっきりしている。

「山の中だったんだ……」

と、ひとり言のように呟《つぶや》いて、「聞いたのが遅くてな」

おずおずと入ってくると、

「修……。どうだ？」

と、覗き込む。

「何も言わないわ」

と、みどりが言った。「お母さん、買物に行ってる。じき、戻るわ」

「そうか」

――父親は、ベッドの方へやってくると、

「痛むか?」

と、我が子へ声をかけた。

修の目は、ぼんやりと天井を見ていて、父親を見ようともしなかった。

「いつもこんな風か」

「そうよ。意識はあるんだけど、記憶を失ってる部分があるらしいの。でも、命をとり止めただけで奇跡なのよ」

「ああ、そうだろう。ありがたい話だ」

父親は、ソファに座って、「お医者に会ってから帰ろう」

と言った。

「お母さんが帰ったら、案内してくれるか」

みどりは、さすがに少し言い方がきつかったと反省したのか、「――髪がずいぶん白くなってる」

と、父の肩を軽く叩いて、言った。

「うん、まあな……」

父親は、その内疲れたのかソファで眠ってしまった。

みどりがポットのお湯を換えに病室を出て行くと……。

美知代は、眠りこけている父親の方をそっと見やった。

これが父親か。

――天井へ視線を戻すと、美知代はぼんやりと自分のことを考えた。

「のり移る」などということがあると信じていたわけではないが、現実にはそれしか考えられない。

その異常な事態は、疑うまでもなく、美知代の頭へとインプットされていた。

ともかく、こうなってしまったのだ。――疑ってみたところで何にもならない。

修という少年は、死んでしまったのかもしれない。いや、きっとそうなのだろう。

事故に遭《あ》った場所を聞くと、美知代の家と近い。

あの事件が起った日、ほぼ同じような時刻に、すぐ近くで事故に遭った少年。――何とか生きたい。美沙のために、死にたくない、という必死の思いが、この奇跡を起したのだろう。

でも――これでどうなるのだろう？

見たところは「佐伯修」という十四歳の少年。いくら「私は柳原美知代です」と言っても、誰も信じてはくれまい。

たぶん――美沙さえも。

美沙。

どうしているの？　突然、父も母もいなくなって、たった一人で世の中に放《ほう》り出されてしまった美沙。

どんなに途方に暮れ、寂しいことだろうか。といって、今の自分には、どうしてやることもできないのだ。

――ふと、一つの名前が、美知代の耳に飛び込んで来た。

「――柳原啓介、妻の美知代さんが殺された事件から、一週間がたち、今日、葬儀が行われました」

ＴＶのニュースだ。――出て行ったみどりが、病室のドアを少し開けたままにして行ったので、廊下の休憩所にあるＴＶの音が聞こえているのである。

お葬式……。美沙が……。きっと美沙が映っている。

美知代は、夢中でベッドから出ようとした。――腕も足も、骨折し、身動きさえかなわないのに、美沙の顔を見たい一心で、美知代はベッドの上で寝返りを打った。

全身を刺し貫かれるような痛みが走る。しかし、それも堪えられた。美沙を見たい！　この日で！

体が一回転すると、美知代はベッドからズルズルと落ちた。毛布が絡《から》まってゆっくり落ちたのが幸いして、床へ転がったときも、何とか痛みに堪えることができた。

早く。——早く。病室のドアへ向って、美知代は必死で這《は》って行った。

廊下へ頭が出た。

ＴＶが見える。離れているので、大きくは見えないが、アナウンサーが、

「残された娘の美沙さん、十一歳の姿が参列した人々の涙を誘いました」

と語ると——。

美沙！

ＴＶの画面に、青白い、頰の肉の落ちた美沙の顔が出ていた。美沙は泣いてはいなかった。仮面のように無表情で、その目は何も見ていなかった。

美沙！　お母さんはここにいるのよ！

ＴＶの方へ少しでも近付こうと廊下へ這い出して、看護師がそれに気付いた。

「何してるの！　——修君！　どうしたっていうの？」

と、びっくりして駆け寄ってくる。

その声を聞いて、みどりが飛んで来る。

「修！　——どうしたの！」

「気を付けて！　そっと戻さないと。——今はじっとしてて下さい」

看護師が急いで人を呼びに行く。

「修……。何がほしかったの？　私に言えば良かったのに」

みどりが膝をついて、言った。

修は——いや、美知代は、ＴＶを必死で見つめていた。その美沙の映像を瞼へ焼き付けようとするように。

「——なお、犯人の柳原隆士は、留置場で自殺を図りましたが、未遂に終り、現在病院に収容されているとのことです……」

と、アナウンサーは結んだ。

次のニュースになった。

美知代は、体の張りつめた緊張が緩むと同時に、激しい痛みに声を上げた。

「修！　しっかりして！」

みどりが泣き声を出す。

「どうしたんだ？」

父親が、目を覚まして病室を出て来た。

「何してたのよ！　修がベッドから落ちたのにも気付かなかったの？」

「俺は……ちょっと居眠りしてて……」

「何の役にも立たないんだから！」

みどりの言葉が叩きつけられる。

いいの……。私が悪いんだから。

美知代はそう言いたかったが、痛みは息さえ止めてしまいそうだった。

駆けつけてくる何人かの足音を、美知代は遠くに聞いて、意識が薄れて行った……。

「引越す？」

と、修は言った。

「ええ。退院しても、しばらくは学校へも行けないし、それに――」

と、母、朋子は口ごもった。

「はっきり言えば」

と、みどりが口を挟《はさ》んだ。

「みどり――」

「お母さん、別れるつもりなのよ、お父さんと」

と、みどりは言った。「離婚するの。分るでしょ？」

修はベッドを少し起して、読んでいた雑誌を伏せて置くと、

「分るけど……」

と言った。「でも――どうして？」

「色々努力はしたけどね。でも、一旦心が離れてしまうと、どうしようもないものなの

よ」

朋子は、病室の窓から射し込む赤い夕日に照らされて、とてもきれいに見えた。

「――もう決ったことなんだね」

と、修は言った。

「ええ」

「じゃ、仕方ないね」

修は雑誌を元の通り開いて目をやった。

「――私もあんたも、お母さんについていく。それでいいよね？」

「お父さんの方は、それでいいって？」

「生活費は、ちゃんとお父さんが送ってくれるわ。心配しなくていいのよ」

と、朋子は言った。

三人の言葉はバラバラで、誰も問いに答えず、そしてくり返して訊こうともしなかった。

父親、佐伯隆三が、仕事で出張が多く、ほとんど家に帰って来なかったらしいことは、修――美知代も察していた。

妻と娘、どちらにも嫌《きら》われ、無視されて、辛そうにしていた父親の姿に、美知代はいささか同情もしていた。

だが、そんな話をする間もなく、父親はまた出張に出てしまい、長く帰って来なかった。

「――いいのね？」

と、みどりが、やっと訊いた。

「うん」

――美知代も、やっと「男の子」らしい返事が、ごく自然にできるようになっていた。

結局、退院と同時に引越すことになり、退院の日にはもう、引越しのトラックは朝早く出てしまっていた。

「――長いこと、お世話になりました」

と、つい、「大人の女」のような挨拶をして、看護師や医師には、

「しっかりした十四歳だ」

と、感心されたりした。

よく晴れた、爽《さわ》やかな日だった。

――三か月もの入院生活は、美知代にとって、「修」に生れ変るための訓練期間だった。

三十七歳の主婦が十四歳の少年になろうというのだから、容易なことではないように思えたが、むしろ逆よりはずっと楽だったろう。

十四歳は三十七歳を経験したことがないが、三十七歳は十四歳を知っている。男と女の

違いは小さくないにしても、映画やドラマのような、大げさな当惑はなかった。

大方のことは見当もついたし、それに何か分らないことがあっても、すべて、

「けがのせい」

にしておけば、納得してもらえる。

だが、それがいつまで通用するものか、退院が近付くにつれ、不安になっていたのは確かだった。

特に、学校の友だち数人が代表で見舞に来てくれたとき、何を話していいか分らず、困ってしまった。

「薬のせいで眠い」

という言いわけで何とかごまかしたものの、このままでは、学校へ行くのに、どうしたらいいかと迷っていた。

――引越すとなると、全く新しい学校で一からやり直せるという点、美知代にとっては、むしろ幸運だった。

「じゃ、乗って」

と、朋子が促した。

三か月で、「修の体」は、大分回復していたが、それでも松葉杖《づえ》を利用しないでは歩けない状態だった。

タクシーが走り出すと、看護師が手を振って見送ってくれ、美知代はふと涙ぐんでしまった。

「――ずっと車で行くの？」

「違うわよ。駅まで行って、列車」

と、朋子が笑って言った。

別れると決めたころに比べると、朋子はずいぶん明るくなっていた。

夫からの解放。――夫婦というのは何だろう？

美知代は、こんなことになってしまった自分のことを思うと、つい、夫を恨みたくなった。隆士のことで、あれほど「何とかしてくれ」と言ったのに、結局、夫は何も手を打ってくれなかった。

夫、柳原啓介は、いつも肝心のことになると逃げてしまう。そういう性格の人だった。

それでも、こんな死に方をしなければ、きっと一生一緒に暮し、穏やかな老後を迎えていたか……。いや、あと何年かしたら、夫との間がギクシャクし始めたような――今思うと、そんな気がする。

「列車は個室を取ってあるのよ」

と、朋子が楽しげに言った。

「高かったのよ」

と、みどりが口を挟む。

「いいわよ。修の退院なんだもの。それくらいぜいたくしましょ」

ふと、美知代は外の風景を見て、心臓が高鳴るのを覚えた。この道は……。

「お願い。ゆっくり走ってもらって」

と、美知代は言っていた。

「どうしたの？　痛む？」

「そうじゃない。この先……だよね」

みどりが、前方へ目をやって、

「ああ、そうだわ。事故の起きた所よ」

「少しゆっくりやって。僕……自分が死にかけた所を見ておきたい」

朋子が運転手に頼んでくれた。

「あのときの事故ですか。憶えてますよ」

と、運転手が言った。「ひどい事故でしたね」

「でも、何とか治ったんです」

「そりゃ良かった。――それに、あのすぐわきの家で、えらい事件があって。大変でしたよ、あの日は」

――事件のことは、美知代もＴＶや週刊誌で、その後の様子を知るだけだった。

美沙は、どうしたのだろう？

あの家に、一人で住めるわけがない。きっと、あの家は一旦閉めてしまっているのだろう。

「あの女の子は可哀そうだったね」

と、運転手が言って、美知代がドキッとした。

「女の子って……両親を殺されて、一人で残ってしまった子でしょ？」

と、美知代は思わず訊いた。

「ええ、そうですよ。でもね、また悪いことに、ＴＶのレポーターが、その子が家の中へ入るのをね、止めなかったんだって。止めようと思えば止められたらしいんだけど。——それで、女の子は両親が殺されてるのを自分の目で見ちゃってね。それでおかしくなっちゃったんですよ」

美知代は、顔から血の気がひくのを感じた。

「おかしくって……どんな風に？」

「いや、よくは知りませんけどね、全然泣きも笑いもしない、口もきかないとかって、ＴＶで誰かが言ってましたね」

美沙……。思ってもみないことだった。

「そのレポーターの女も、クビになった、とか聞いたな。ま、仕事だと思ってやってたんだろうけど、それにしてもね……。ああ、すぐそこだ」

タクシーはスピードを落として、「ほら、あの家がその家ですよ」

――我が家が、突然小さくしぼんでしまったように見えた。

今は閉めたままなのだろう、窓もカーテンが引かれている。

美沙が、いつかあそこへ帰ることがあるだろうか？

「――事故はその信号の所ですよ」

「ええ」

と、美知代は言った。「他にけがした人とか、いたんですか」

「今のところ何も聞いていませんよ」

と、朋子が言って、「さあ、もう駅へ向いましょ。列車に遅れると大変」

タクシーがスピードを上げ、たちまち交差点を過ぎ、あの家も見えなくなった。

「幽霊でも、その内あの四つ辻《つじ》の所に出るかもしれないわ」

と、みどりが言った。

「いやな話はやめて」

朋子は、顔をしかめた。「早く着いたら、何か食べてましょうか」

「もう充分」

と、美知代は言った。

「あら、小食になったのね」

と、みどりがからかう。

「動かないんだもの」

と、美知代はそっと優しく言った。

タクシーがやがて駅ビルの前に寄せる。

「気を付けて」

と、運転手が言ってくれた。

「ありがとう」

美知代は、松葉杖を突いて、駅の改札口へと向った。

「――切符、出すから待って」

と、朋子がバッグを開けて中を捜している間、美知代は振り向いて、見慣れた町並を眺めた。

今度、いつここへ帰って来られるだろうか？　美沙の暮すこの町へ。

会いたい。もちろん会いたいのだ。

しかし、今会って、自分に何ができるか。

一人ぼっちになってしまった美沙を、こんな「見知らぬ男の子」がどうして励ますことができるか……。

今は無理だ。十四歳の少年にできることは限られている。

——美沙。必ず会いに行くからね。

美知代は、祈るような思いで呼びかけた。

「——修、行くわよ」

と、みどりが呼ぶ。

「うん」

美知代は、ちょっと息をつくと、改札口へと向った。

何が自分を待っているのか、今の美知代には、見当もつかなかったのだが……。

5 大学

階段……。

松葉杖が、体重をかけると震えて先が滑りそうになる。ホームまで上るのが、どんなに大変だったか。

駅員は、気付いているくせに、見ないふりをして手伝わなかった。

階段を、汗をにじませて一段ずつ上りながら、修は、

「今度は思い切り駆け上ってやる」

と、心に誓った。

そうだ。思い切り駆け上り、駆け下りてやる。いつか。いつか、必ず。

「――間もなく、東京。終点、東京でございます」

いつか、必ず……。

「どうしても行くの？」

母の悲しそうな顔。――夢の中にも、それはひんぱんに現われた。

「行きたいんだ」

としか、修には言えなかった。

「親不孝者」

と、姉にはからかわれたが、それでも、母も何とか最後には納得してくれた。

「大丈夫だよ、母さん」

修としては、それしか言えない。

まさか、

「娘に会いたくて、行くんだ」

なんて……言えるわけがない！

列車が揺れて、修は目を覚ました。

もう着くのか……。

窓の外は、春の柔らかい日射しが当っていた。棚《たな》からスーツケースを下ろす。

とはいえ、主な荷物は先に送ってあるので、そう重くはない。

車両は半分ほどの客で、修と同様、大学へ行くらしい顔も見られた。中には、どう見ても新入生で、体も人一倍大きいのに、母親がべったりくっついて、お弁当、お茶一つから買ってもらっているのがいたりして、修は呆《あき》れてしまった。

「——お待たせいたしました……」

アナウンスの流れる声は、いくつあるのか見当もつかないようなホームそれぞれに違うので、入り乱れて大変である。

立ち上って、焦ることもないのだが、それでも、いざ到着となると胸がときめく。

あれから……六年。

修は二十歳になっていた。

ホームへ下り立った修は、チラッと腕時計を見た。

まだ午後も早い。わざわざ早朝の列車で出て来たのだ。

スーツケースは、持って歩くのに苦になるほどの重さではない。ヒョイとさげて歩き出すと、

「あの——」

と、女性の声が近付いて来た。「佐伯修さんでしょ？」

びっくりして振り向くと、明るい笑顔が彼の方を見つめている。

「——佐伯ですけど」

「憶えてないんだ」

と、その女の子は笑って、「私、高倉美樹《みき》。思い出した？」

美樹。——そうか。修は、写真のアルバムをくり返し見た記憶を辿《たど》って、

「ああ、面影《おもかげ》はあるけど、別人みたいだ」

と、従妹《いとこ》に言った。

「修さん、背が高くなったのね」

「何とかね。——迎えに来てくれたの？」

「そうよ。お邪魔？」

「いや……。そうじゃないけど……」

修は少し迷って、「ちょっと寄りたい所があるんだ。その後でアパートへ行くつもりでいた」

「私、修さんのアパートがどうなってるか見て来いって言われたの」

と、高倉美樹は言った。「もちろん、私も見たかったし」

「段ボールの山だよ、まだ」

「手伝うわ。お掃除くらいなら、やってあげる！」

「ありがとう。でもね……」

出直すか？ この従妹が出迎えてくれると思ってもいなかったので、修は迷った。

しかし、どうしても、一日でも早く、あの「かつての我が家」を見たい、と思った。そして何より美沙がどうしているのか、知りたかった。

「やはり、ちょっと回ってからアパートへ行くよ」

「じゃあ、一緒に行くわ」

拒むわけにもいかず、少々困ってはいたが、修の方にどんな事情があったのか、知る由《よし》もない美樹。もし、修が話したとしても理解してくれるわけはない。

ともかく、修は乗り換えホームへと急いだ。

「――美樹ちゃん、いくつだっけ？」

「今、十八。この春から晴れて大学生よ」

「そうか。早いなあ。十……八？」

「ええ」

大学生は、もう「大人」扱いされる。

しかし、「元気」を絵に描《か》いたような美樹には、「少女」の面影が圧倒的に濃い。

電車に乗って、あの家へと向いながら、修はむしろ美樹が一緒に来てくれて良かった、と思った。

もし一人だったら、あれこれと思い出し、また想像して、緊張の余り気分でも悪くなっていたかもしれない。美樹が、かたときも黙っていられない様子で、ポンポンと話しかけてくれるのが嬉《うれ》しかった。

「せっかく地元で大学へ行ってたんでしょ。それをまた入り直して。――よっぽど行きたいわけでもあったの、Ｋ大に？」

「まあね。お袋には申しわけないと思ったけど、自分で納得できる生き方をしたいじゃないか」

「偉いなあ。大人ね」

「ちっとも。美樹ちゃんはどこの大学？」

美樹は、いたずらっぽく笑って、

「当ててみて」

と眉《まゆ》を上げた。

「――まさか」

「そうよ。Ｋ大文学部。同じ新入生ね。よろしく」

修はつい笑ってしまった。笑うような気分ではないはずなのに。

高倉美樹は、朋子の兄、高倉一の娘である。——朋子は、佐伯と別れると言いながら、法律上は正式に離婚していないので、今でも佐伯姓のままだ。

「私、クラブ、何に入ろうかな。ね、修さん、何に入る？」

「さあ、考えてないな。自分の時間が欲しい。入らずにすめば、それでもいいと思ってるよ」

「何だ。一緒に何かやろうと思ったのに」

と、口を尖《とが》らす。

一人っ子の美樹は、小さいころ修の周りをよくついて回っていたらしい。父親の転勤で九州へ行くことになったときは、泣き続けて大変だったという。

そういう過去の記憶は、修——美知代にとって、母や姉の話から補うしかない。

電車の中、二人は扉《とびら》のわきにスーツケースを寄せて立っていたが、ふと話が途切れて修は車内の路線図を眺めた。——あと三つだ。

あの家はまだ残っているだろうか？　もし建て直されていたり、別の家族が住んでいたら、美沙の居所を捜すのは厄介《やっかい》なことになる。

しかし、見付けてみせる。必ず。

美樹の方へ目を戻して、修はびっくりした。窓の外を眺めているようだった美樹が涙を指で拭っていたのである。

「どうしたんだ？」

と訊くと、少し照れたように笑って、

「何だか……嘘《うそ》みたいで。修さん、こうやって元気で立ってるんだもの、目の前に。――だって、事故で死にかけたって聞いたとき、私、自分も死ぬかと思ったのよ」

潤《うる》んだ目が修をじっと見つめている。「よっぽど、親の財布からお金盗んでても、駆けつけたかった。――でも、奇跡的に助かったって電話があって……。本当に、お医者さんも信じなかったくらいなんでしょ？　私、自分のお祈りが通じたんだって嬉しかったわ」

修は、黙って聞いていた。そうするしかなかった。

「その後、私たちは、お父さんが本社に戻って、東京へ帰ったのに、修さんは逆に離れてた……。その修さんが今、こうやって、元気で、背もずっと伸びて立ってるのを見たら……。何だか胸が一杯になっちゃった……」

修は、この少女の気持をありがたいと思った。しかし――一方で、自分がこの少女を裏切っていることを、思わないわけにいかなかった。

修は――美樹の知っていた修は、もういないのだ。死んでしまったのだ。

だが、もちろんそうは言えなかった……。

「ありがとう」

と、修は言った。

「どういたしまして」

と、美樹は照れ隠しのようにおどけて、「修さんって、何だかおとなしくなっちゃったのね。叔母さんが、いつか言ってたけど」

「お袋が？　そんなこと言ってたか」

「ええ。でも、確かにね。何だか――大人の雰囲気《ふんいき》だわ」

「そんなことないさ。――姉さんが元気過ぎて、こっちはついおとなしくなっちまうんだよ」

いくら二十歳の若者の外見をしていても、三十七歳の母親が、そう乱暴な口はきけない。

だが、六年の間、「修」として生きて来て、美知代はごく自然に自分のことを「修という二十歳の男の子」だと思うことはできるようになっていた……。

「――この次の駅で降りる」

と、修は、見えたホームの駅名を読み取って言った。

バスを降りて、修は、その交差点に向って立った。

「ここ、どこ？」

と、美樹がふしぎそうに周囲を見回す。

交差点の角には、真新しいビルが一つふえたが、他にはそう変りがない。

「ここで事故に遭ったんだ」

と、修が言った。「自転車でね。こっちから向うへ向って突っ走って、出て来たトラックと――」

美樹が修の腕をいきなりギュッと痛いほどの力でつかんだ。

「やめて。怖いわ」

「分った。ごめんな」

修はスーツケースを置くと、「美樹ちゃん。悪いけど、ここで待っててくれないか。行く所があるんだ。一人で行きたい。――頼むよ」

美樹は、少しの間修を見ていたが、黙って肯いた。

軽く彼女の肩を叩いて、修は交差点を急ぎ足で渡った。

――すぐに、その家は目に入った。

そのまま、家は残っていた。

修は、はやる気持を抑えて、ごく自然な歩調で、その玄関へと向ったが――。

表札を見て、失望感が修を捕えた。

〈柳原〉の名はなく、出ていたのは、〈内藤〉という、全く聞き憶えのない名前だったのだ。

どうしよう？

見も知らぬ相手に、ここへ住んだいきさつをいきなり尋ねても、返事してはくれまい。

修は、肩を落して帰りかけたが——。

ふと、視線があのころ美沙の通っていた小学校の方へ向いた。

あの日、遠足のバスが帰って来たとき、もう、美知代は殺されていたのだ。

修は、小学校へ行ってみた。父母会で、足を運んだこともある。

美沙は、無事にここを卒業したのだろうか？

学校は、そう変っていない。それはそうだ。六年くらいのことで、大きく変りはしないだろう。

そのとき、修は突然思い出した。——美沙の一番仲良くしていた子のことを。片倉……恵美だ。恵美ちゃんだ。

あの子の家とは、よく行き来していた。

あの子に会うことができたら……。家の場所は大体憶えていた。

修は、足早に記憶を辿って、何だか狭く見える道を急いだ。

その家が記憶通りに目に入って、修は息をついた。そこへ、玄関のドアが開いて、女の子が一人、近所へ買物にでも行くのか、サンダルをはいて出て来る。

「——恵美さん？」

と、思わず声をかけると、

「え？」

ギョッとしたように、修を見る。

「あの――片倉恵美さん、だね」

「そうですけど……」

よく遊びに来ていた、あの利口な少女の面影がある。

「突然で、ごめん。僕は――佐伯修といって、K大の学生だけど。実はちょっと訊きたいことがあって」

恵美は警戒している様子で、

「私、急ぐんですけど……」

と、逃げ出しそうにした。

「柳原美沙ちゃんのことで」

修の言葉に、恵美は当惑した様子だった。

「――美沙のこと？」

「小さいころの美沙ちゃんを知ってたんで、訪ねて来たんだけど、あの家に住んでないみたいで。――君のことをよく話してたんで、何か分るかと思って」

大ざっぱな、とっさの思い付き以上ではない説明だったが、恵美は信じてくれたらしい。

「じゃ……そこのベンチで」

と、小さな公園に入ると、ベンチに腰を下ろした。

「ご両親が殺されたことは……」

「それは知ってる。心配してたけど、遠くにいたんでね」

と、修は言った。「その後、美沙ちゃんはどこへ行ったんだろう？」

「一時、あの家にいたんです」

と、恵美は言った。「しばらくノイローゼみたいになって……。退院までに二、三か月かかったの。その入院中に、美沙の親戚《しんせき》の人があそこに住むようになって。ええと……何て名前だったかな。松井……だか何だか、そんな名前」

「松山、かな」

「そう！ 松山さんっていったんだ。その人たちの所で、美沙が暮すようになったんです。でも——美沙は『いやだいやだ』って、いつも言ってました。早く家を出たい、とも」

「それで？」

「よく詳しいことは分らないんですけど、その松山って人が、あの家と土地を抵当にして、借金したらしいんです。株だか何だかに使って、大損して。結局、土地も家も失《な》くしちゃったって」

修は、胸苦しさを顔に出さないように、何とかこらえていた。

「——じゃ、美沙ちゃんは……」

「夜逃げって言うのか、ある日突然、松山って人の一家が消えちゃったんです。美沙、その前の日、うちに泊ってたんですよ。で、帰ってみたら、家は空っぽ。本当に、私、それ聞いて、びっくりして見に行ったんですけど、家具も何も残ってないの。全部売り払って、逃げちゃったんです。ひどいですよね」

修は、ため息をついて、

「知らなかった……。そんなことになってたなんて」

「その後、美沙は一人になっちゃったでしょ。しばらくうちにいたんですけど、学校のこととか色々……。授業料もあるし、じき、中学にも進まなきゃならなかったし……」

「——結局、どこへ？」

「他の親戚っていっても、引き受けてくれる所がなかったんですって。うちも、そんなに広くないし、やっぱりずっと世話してるわけにいかなくて……」

「分るよ。じゃ、美沙ちゃんは——」

「施設に入ったんです。中学校もその近くの学校に入ったって。——手紙で知らせて来ました。でも、それっきり……。それからは会っていません」

修は、ギュッと両手を握り合せて、体が震え出すのを、何とかこらえた。

美沙！　——何てことだろう。

「ただ……高校に進んだって話は聞きました。直接じゃないけど」

「じゃ、今どこにいるかは……」

「まだ、あの施設にいるのかも。――はっきり分りませんけど」

と、恵美は言った。

「その施設がどこか、分らないかな」

「たぶん……手紙があると思います。捜さないといけないけど」

「捜してくれないか。悪いけど。――何とか会いたいんだ」

恵美は、承知してくれた。電話番号を教えてくれたので、修は夜に電話を入れることにして、礼を言って別れた。

別れぎわ、恵美は振り返って、

「私も、ずっと気にしてたんです」

と言った。「でも、結局、うちに置いておけなくて、あんなことになっちゃったんで、私のこと恨んでるかもしれないと思って……」

「そんなことはないと思うよ」

「そうかしら」

「会えば喜ぶよ、きっと」

恵美は、微笑《ほほえ》んで、ちょっと手を振ると、駆け出して行った。

修は、いくらか救われた気分だったが、それでも押し潰されそうな重苦しい気持で、あの交差点へと戻って行った。

「――待たせて、ごめん」

ずいぶん美樹を待たせてしまったことに、今さらのように気付いた。

スーツケースにちょっと腰をおろして、美樹はそっぽを向いていた。

「怒るなよ。どうしても知りたいことがあったんだ。――な、美樹ちゃん。機嫌《きげん》直してくれよ」

修が肩に手をかけると、ゆっくりと美樹の目が修の方へ向く。涙をためた目が。

「――もう、戻って来ないのかと思った」

「まさか」

と、修は笑って見せた。「ちゃんと戻って来たろ？」

突然、美樹は修に抱きついた。

びっくりした修は、

「美樹ちゃん。大丈夫か？　ね――」

「黙って！」

と、美樹は力一杯修を抱きしめながら、「何も言わないで！」

道行く人がジロジロと二人を眺めていく。

しかし、修は美樹の思うようにさせておいた。

スーツケースが、退屈そうに立っていた。

6　氷の視線

ホテルのラウンジで、淳子は少し口を開けたまま眠っていた。

どうにも、見たところ感じのいいものではなかったが、今の淳子にはそんなことまで気を回す余裕がなかったのだ。

そばを通る人が、時々淳子を見て笑っていたが、そんなことに淳子を起す力はなかった。

何しろ、この三日間で、淳子は合計しても三、四時間しか眠っていなかったのだ。

チリン、チリンと鈴が鳴って、

「落合様。――落合淳子様。いらっしゃいますか」

鈴の下った札を手にしたボーイが、名前を呼んでラウンジ、ロビーを回っていく。

「落合様……」

「おい」

と、少し古いボーイが呼び止めて、「落合淳子のことか?」

「ええ」

「じゃ、そこで居眠りしてるのがそうだ」

と、指さす。

「知り合いですか」

「何言ってる。以前、ＴＶに出てたんだ。お前、見たことないのか」

「いつごろですか？」

「もう……五、六年前じゃないか」

と、肩をすくめる。

「じゃ、僕、まだ高校生です」

「そうか……」

「起してもいいんですか？」

「ああ、けとばされないように気を付けろよ」

若いボーイは、まだ眠りこけている女のそばへ行くと、チリンチリンと鈴を鳴らしたが、そんなもので起きるわけがない。

仕方なく、女の肩を叩いて、

「落合様。——落合様」

と、呼んだ。「お電話が。——落合様」

「ウーン」

と、唸ると、落合淳子はパッと手で何かを押しのけるようにした。

それがたまたまボーイの胸をドンと突くことになって、ボーイはびっくりしたせいもあり、後ずさろうとして尻もちをついてしまった。

見ていた客が笑い出す。

ボーイは立ち上ると、腹が立って、今度はしっかり、女の肩をつかんで揺さぶった。

「起きて下さい！」

「え？」

ハッと目を覚ました落合淳子は、「地震？　逃げなきゃ！」

と、大きな声を上げてしまった。

ラウンジのあちこちで笑いが起る。

「ああ、びっくりした」

と、淳子は息をついた。

「こっちの方がよほどびっくりしました」

と、ボーイが言い返した。「お電話です」

「はい……。ごめんなさい。つい、いい気持で」

と、立ち上る。

急いで、ラウンジのカウンターにある電話へと駆けつける。――出るのが遅くなって、仕事を逃すのじゃ情ない。

「お待たせしました！　落合です」

「声は元気そうじゃないか」

と、皮肉たっぷりの声。

「桑田さん。ここのラウンジで待ち合せしてたでしょ」

と、淳子は言った。

「ああ。でも、忙しくて出られないんだ。こっちへ来てくれ」

淳子は詰った。――顔を出しにくいことを承知でわざと言っている。そういう男なのだ。

「ＫＢＳは弱い者いじめが仕事なんですか」

精一杯、やり返してやる。

「じゃ、電話ですませてもいいぜ。この話はなかったことに、って」

「――分りました。伺います」

「そう情ない声出すな。もう、君のことを憶えてる奴はそういないよ」

ちっとも慰めになっていない。

「何時に伺えば？」

「これから出れば三十分だろ」

「私、お昼がまだなんです。一時間後なら行きます」

少しでも、意地を張ってやりたい。

「いいだろう」

と、桑田は笑って、「ここの食堂なら、安くすむぞ」

「このホテルのサンドイッチが気に入ってるんです」

「分った。ともかく君向きの企画なんだ。待ってるぜ」

——君向きの企画。

怪しいものだ。十分前の約束をコロッと忘れてしまうのがＴＶの人間。

人のことは言えない。自分も以前はそうだった。フリーになって（要するにクビになって）、人に信頼されることがいかに大切か、よく分った。

席へ戻ると、淳子はコーヒーとサンドイッチを頼んだ。ささやかなぜいたくである。

化粧室へ行って、顔を洗ったが、寝不足がたたって、ひどい様子をしている。

局へ行く前に、少し化粧を直しておこう。もう辞めて六年とはいえ、知った顔は少なくない。

あんまりやつれたところを見せたくないのである。

——ほんの一瞬のためらい。

それが落合淳子の人生を変えてしまった。

「――お待たせしました」

サンドイッチが来て、淳子はゆっくりと食べ始めた。

ＫＢＳのレポーターで駆け回っていたころは、ゆっくり昼を食べたことなどない。五分で食べて、次の打ち合せに飛んでいくのが当り前。そのスリルを、楽しんでもいた。

それが今は……。

ゆっくり食べられる良さもある。けれども、「仕事する時間が少ない」こと、即、「収入が少ないこと」だ。フリーの人間にとっては、「自由」は恐怖の時間なのである。

もう六年もたったのか、あの事件から。

忘れはしない。――柳原啓介、美知代の二人が殺され、一人っ子の美沙が何も知らずに遠足から帰って来た……。

そのとき、淳子は、家へ駆けて行こうとする美沙を、止めなかった。確かに、止めようと思えば止められたのだが、止めなかったのである。

そして、あの子は神経をやられて入院した。

他局から、一斉《いっせい》に淳子の行動を非難する声が上り、さらに、放映時にはスクープとして大評判になった、何も知らずにバスから顔を出す美沙の映像も、

「あまりに無神経」

と、評された。

ＫＢＳは、遺憾の意を表明し、結局、淳子のクビを切って、かたをつけた……。

だが、淳子は自分が辞めざるを得なくなったことに不満を持ったのではない。確かに、あの少女の心が閉ざされてしまったことの責任はある。

腹が立ったのは、あの桑田のような男が、淳子の気持をよく分っていて、それを利用する形で彼女を辞職に追い込んだことだった。

少なくとも、淳子の「痛み」を分け合ってくれていたら、淳子は潔《いさぎよ》くＫＢＳを辞めて、恨みも残らなかったろう。桑田たちは、「悔む気持」まで淳子一人に負わせて平然としていたのだ……。

しかし――フリーになっても、ＴＶの世界が好きだった淳子は、古巣の仕事も、必死でこなした。選んでなどいられない。

食べていかなければならないのだ。そして、淳子はいつしか三十七歳になっていた。

「――コーヒー、もう一杯下さい」

と、淳子はウェイトレスに頼んだ。

ＫＢＳへ行き、桑田と平静に話をするには、もう一杯のコーヒーが必要だった……。

「――本気なんですか」

淳子は、桑田の傲慢《ごうまん》な目を見ながら言った。

「冗談で、君をわざわざここへ呼ぶと思うか」

桑田は大きくなっていた。——この六年間で、局内の存在としても大きくなっていたが、体つきの方も、物理的に大きくなった。同時に人に対する態度も大きくなり、しゃべるときのジェスチャーも大きくなった。

「私に、そんなことできません」

と、淳子は首を振った。「どんな顔して、あの子に会えると思います？」

「心配するな。向うは君のことなんか憶えてはいない。当然だろ、あの後、すぐ入院してたし、君が辞めるときのゴタゴタだって、もちろん知らん。今、君が名のって行っても、誰のことやら分りゃしない」

どうしてそんなことが分るんですか、と訊いてやりたかった。しかし、桑田が何の根拠もなくてそう言っているのだということぐらい、淳子には分っている。

言ってもむだなことだ。桑田は、

「それがどうした」

と言うだけだろう。

——柳原美沙の「その後」。

それが、淳子に与えられた取材の仕事である。

「もう六年も前のことですよ」

「いや、みんな憶えてるさ。特に、何も知らずに遠足から帰って来た柳原美沙を撮ったビデオは大反響だったんだ。今なら、他局も何も言わんさ。あのときは時代がまずかったんだ」

何とも身勝手な言い方で、腹も立たない。

「ともかく、私はあの子に合せる顔がありません」

と、淳子は言った。「それに、当人だってせっかく忘れようとしてるのかもしれないじゃありませんか。それをまたＴＶが掘り返して……」

「それは仕方ない。ＴＶなんて、そんなもんだ。人の不幸が商売になる。君だって、そう思ってやって来たんじゃないのか？」

そう言われれば否定はできない。しかし、

「あの子は、やはり私にとって特別なんです。そっとしていてあげて下さい」

「仕事はいらんということか」

「欲しいですけど、もちろん。でも、それ以外のことなら」

桑田は、タバコに火を点《つ》けると、煙を吐き出した。

「この企画は、本来別のレポーターがやることになってたんだ。しかし、今の若いレポーターじゃ、あの事件そのものをよく知らない。また、あの子を傷つけちまうかもしれないだろ。本人たちにそのつもりはなくても」

　桑田の舌は実になめらかで、本当かどうかはともかく、自分でもそう信じ込んでいるに違いないと思わせる説得力があった。

「俺は言ったんだ。そのテーマをやるのなら、最適の人間が、ＫＢＳにかつていた、とね。――みんな反対したよ。悪い評判をわざわざかき立てなくとも、ってね。しかし、俺は押し通した。君が引き受けてくれなきゃ、俺の面目にかかわるし、それに何よりも、君がやらなくても誰かがやるってことだ。そのとき、六年前のことについて、きちんと説明できるのは君しかいない。そうだろ？　君はやるべきだよ」

「ですが……」

「大丈夫。見世物的なセンスの域を出ないんだってさ」

「そんなの――」

「失礼かね？　しかし、柳原美沙はもう十七歳の高校二年生だ。普通の女の子なら、ＴＶに出られるってだけで、喜ぶもんだ。ことに施設じゃ退屈だろうしな」

　――淳子は、桑田の言葉を、頭の中で何度もくり返した。

「――施設、とおっしゃったんですか？」

「柳原美沙は、今、施設から高校に通っている。親戚のどこもが引き取らなかったんだな」

　淳子は、愕然《がくぜん》とした。

まさか、そんなことになっているとは思わなかったのである。

「そんなことが……」

「だから言ってるだろ？　君は自分の眼《め》でどうなってるか確かめておきたいと思うに決ってる。俺もそう言って、社長や編成局長の反対を押し切った」

桑田は、押し付けがましい言い方をしておいて、「行くだろ？」と、念を押した。

柳原美沙。あの子が一人で施設に？

「――どこの施設なんですか」

相手の思う壺《つぼ》にはまるのは悔しかったが、やはり放り出して帰ることはできなかった。

桑田は、ニヤリと笑って、自分の机の引出しから大判の封筒を持って来た。

それを淳子の目の前に置き、

「この中に、今分っていることは全部書いてある。――柳原美沙、十七歳。〈明世園〉で暮す。場所もすべて書いてある」

淳子は封筒を取ると、

「もちろん、先方には話してないんですよね」

「ああ。申し込めば、断られるに決ってる。そこを、うまくやれ」

「スタッフは？」

「言えば、いつでも出す。だがその前に、この娘と接触するのが大切だ。そこが君の腕の見せどころじゃないか」

桑田は、人のプライドをくすぐるすべはよく心得ている。悔しいが、それは淳子も認めないわけにいかなかった。

「分りました」

と、淳子は肯いた。「やります。ただ――」

「何だ？」

「放映のとき、私自身にレポートさせると約束して下さい」

「もちろんだとも」

「本当ですね」

「信用がないな」

「仕方ないでしょ。当然のことですもの」

と、淳子は言ってやった。

〈明世園〉

その浮彫りの文字が、修の目に入った。

これが……。

そう大きな建物ではないが、いかにも味気ない、白い三階建の家。――知らない人が見れば、会社の寮とか、そんなものに見えるだろう。

ランドセルをしょった男の子が、トコトコとやって来て、中へ入って行く。

「お帰り」

と、玄関へ出て来たのは、二十代後半のエプロン姿の女性で、髪を短く切り、化粧っ気もない。

「ちゃんと手を洗ってね！　おやつがあるから食べてね」

「はーい」

男の子が駆けて行く。

エプロン姿の女性は、男の子の脱いだ靴をきちんと揃《そろ》えて、表に立っている修に気付いた。

修が、急いで立ち去ろうとしたとき、

「待って！」

と、その女性が追いかけて来た。「あなた……もしかして、レイちゃんのお父さん？」

「え？」

「あ……。違うんですね。ごめんなさい」

「いや、いいんですけど、レイちゃんって？」

「この施設の子です。一歳半でね。捨ててあったんです、この前に。お母さんは行方不明で、お父さんも誰か知れない。——もしかして、あなたがと思って。ごめんなさい」

「いいえ」

と、修は首を振って、「色々大変ですね」

「ええ、本当に」

と、ため息をついて、「せめて、養えないまでも、親が名のってくれたら……」

「僕は……佐伯修といいます。ちょっと——こういう場所に関心があって、八ミリビデオで取材したいと……」

「それは、園長先生の許可がいります」

「分りました。ありがとう」

すると、そのとき、エプロン姿の女性が、

「あ、お帰り」

と手を振った。「美沙ちゃん、早いわね、今日は」

美沙。——修は、恐ろしいような思いで、その少女を見つめた。

美沙は歩いて来た。——真直ぐに。

それが美沙に違いないということは、そのエプロン姿の女性が呼びかけなくても一目で分っただろう。美沙は、十七歳になっている今でも、記憶の中の十一歳の美沙とほとんど変っていなかった。

もちろん、背丈は伸びた。ブレザーの制服と長い髪が、女子高校生の美沙を印象づけている。

だが――それは紛れもなく、「わが子」、六年間、一日たりとも忘れたことのなかった、娘の姿だった。

息苦しさのあまり、修は立ちすくんで、もちろん美沙に声もかけられなかった。ただじっと見つめるばかりだった……。

「お帰りなさい！　ね、美沙ちゃん、手紙が来てるわよ、また」

と、エプロンのポケットから手紙を取り出し、「ほら、この間の男の子。もてていいわね」

美沙はチラッと修の方を見て、そのまま通り過ぎて行く。――その視線の、あまりの冷たさ、仮面のような無表情さに、修は愕然とした。

少なくとも、ふしぎそうな、あるいはけげんな目つきで、それとも他人に対して用心するような目で見てくれれば納得できようが、美沙の視線には何の感情もなかった。修を見ながら、何も見ていないのと同じだった……。

「はい！　たまには返事でも出してあげたら？」

と、手紙を差し出されて、美沙は足を止め、手紙を受け取ると――見ていた修は目を疑った。美沙は黙って、当り前のような手つきでその手紙を二つに引き裂いたのだ。それから、手紙をポイと投げ捨てて、施設の中へ入って行く。しかも、明らかに玄関脇《わき》の水たまりの中へと投げ捨てて行ったのである。

美沙は玄関を上ると、きちっと脱いだ靴の向きを変えて揃え、奥へ入って行った。

――修は、悪い夢を見ているような気がして、破かれた手紙を水たまりからそっと拾い上げる、エプロン姿の女性に、胸の痛むのを覚えたのだ……。

7　過　去

「修さん！　ね、お昼、食べよ！」

屈託のない、元気な声は、とても入学間もない一年生のものとは思えなかった。

「やあ、ゆうべ遅かったんじゃないの？」

修は、学生食堂の食券の自動販売機に並んでいたが、高倉美樹に腕を取られて微笑んだ。

「三時間も眠ったもん」

と、美樹は言い返して、「私、修さんより二つも若いんだから、平気なの。ね、向うで食べよう」

「まだ食券買ってないよ」

「私、今日はお弁当作って来たの！　修さんの分もあるから」

そう言われては、美樹について行かないわけにもいかず、

「ごめん、後でな」

と、一緒に並んでいた男の学生に声をかけて、列を離れた。

「もてるじゃねえか！」

と、他の男の子からも声がかかる。

美樹は構わず、ぐんぐんと修を引張って行って、奥の方のテーブルについた。

「——はい、これ、修さんの分」

自分の倍はある大きな弁当箱を置く。

「そう食べられないよ」

と、修は笑って、「ありがとう。——僕とでいいのかい。友だちがいるだろ？」

「いいの！」

美樹は即座に言い返した。「お茶、いれてくるね」

「ああ、僕がいれてくるよ」

「だめ！　修さんは座ってて」

美樹は、セルフサービスの日本茶のポットを、丸ごとテーブルへ持って来てしまうと、

「はい！　好きなだけ飲んでね。修さん、どうせこれ丸ごとぐらい飲んじゃうんだもの」

「だけど、これはみんなが――」

「平気よ。今の大学生はあんまりお茶飲まないんだから」

美樹は自分の弁当箱の包みを開きながら言った。

確かに、弁当にしろ定食にしろ、ご飯ものを食べていても飲物はコーラだったりするのである。

「よく、あんな甘いものでご飯食べられるよな」

修は自分の弁当を開けて、「焼鳥か！　いい匂《にお》いだな。これ、美樹ちゃんが作ったのか？」

「当り前でしょ！　冷凍ものでも電子レンジで温めたと思ったの？」

「ごめんごめん。そう怒るなよ」

と、修は笑って、割りばしを割った。「ちゃんと串《くし》まで刺して、本格的じゃないか」

美樹は、自分の弁当から焼鳥の串を取って、そのまま口に入れ、歯で鳥肉を抜いた。

修も食べ始めて、

「――旨《うま》い。たれの味も、まるで本物だな」

と、感心した。

「串まで食べないでね」

と、美樹は言った。

修はちょっと笑って、そのまま食べ続け、美樹の顔に一瞬浮んだ寂しげな表情に気付かなかった。

――やっぱり、思い出してくれなかった。

美樹は、涙がこみ上げそうになるのをこらえて、急いで自分の弁当を食べた。

「何をそうあわてて食べてるんだ？」

と、修がふしぎそうに訊く。

少しも悪気でなく、当然のことだが、ごく当り前の口調で言われたことが、美樹の胸をしめつけた。

「――お腹が空《す》いてたの。それだけよ」

何とか、笑顔を作った。

「食べ盛りだな」

と、修は笑った。

――やっぱり、思い出してはくれなかった。

美樹は体中から力が抜けてしまうような気がした。――思い付いたときから、この瞬間を楽しみに待っていたのに。

修さん。昔のあなたは、子供のころの私が知っていたあなたは、どこに行ったの？

——串まで食べないでね。

焼鳥を、二人で一緒に食べたのは、いくつのときだったか。ともかく美樹にとって、それは初めての味だった。

「おいしい！　おいしい！」

と、美樹は夢中で三本目の串にかぶりついた。

そして、串の先を口の中へ突っ込みすぎて、尖った先端で、喉《のど》を刺してしまったのだ。

突然ワーッと泣き出した美樹に、修は仰天した。血が出て、美樹はそのショックと痛みで、本当に死んでしまうかと思ったのだ。

でも、もちろん大した傷ではなく、大騒ぎの後、一体何が起ったのかを知って、修は転げ回って笑った。美樹は恥ずかしさと悔しさで、泣いて修に殴りかかった……。

それ以来、「串まで食べるなよ」と、修はよく冷やかしたものだ。

今日、弁当に焼鳥を入れたのは、きっと、串を見ればあの出来事を思い出してくれると期待してのことだった。しかし、期待は虚《むな》しかった……。

時折、美樹は思う。この人は本当に修なのだろうか、と。

見た目は——確かに間違いようもなく、修その人である。

別の人だなどとは、考えられない。けれども、中身は……。ともかく美樹が忘れたことのない、小さいころの楽しい日々のこと、すべてが修の記憶から消え去ってしまっているらしいのである。

それは美樹にとって、修が死んでしまったのも同じことのように思えた。

大学で一緒になる。――その日を、どんなに楽しみにして来たか。それが……。

「――いや、旨かった」

修は、きれいに弁当を食べてしまうと、「大したもんだなあ。美樹ちゃん、こんなに料理が上手だったか」

「そうよ。お母さんのお仕込みでね」

「あ、少し詰めて。荷物が邪魔になる」

昼休みで混《こ》んで来たせいもあって、二人のいたテーブルも満席であった。

「お茶、もう一杯飲む？」

「うん。注《つ》いでくれ」

「はい」

美樹は、修の湯呑《ゆの》み茶碗《ぢゃわん》にお茶を注いだ。――修は猫舌《ねこじた》だった。それも変ってしまって、今はむしろ熱いのをそっとするのが気持良さそうだ。

「――今夜、私、お芝居見に行くの」

と、美樹は言った。「修さん、何か用事があるの？」

「僕は人と会う約束があるんだ。ごめん」

「いいのよ。――デート？」

「違うよ。レポート書くのに、ちょっと話を聞くんだ」

美樹は、二つの弁当箱をきちんとしまって、

「きれいに食べてくれて良かった！」

そう。――「おいしくない」と言われるよりも、ずっと良かった。

美樹はそう自分へ言い聞かせた……。

パシャン！

甲高い音がして、店の客は一斉に振り向いた。床にスープが飛び散って、器が割れ、破片がクルクルと回っていた。

「――まあ、すみません。何してんの？　お詫びしないかね！」

店の奥から、おかみさんが飛び出して来る。

「ほら、早くかけらを拾って。危ないじゃないか！」

器を落としたのは十六、七の女の子で、青くなって立ったままだ。

「何をしてるの！　ぼんやり立って――。まあ！」

おかみさんが、やっと気付いて、こっちも青くなった。

器の破片が、そばの客の足首に刺さっていた。客はかがみ込んでその破片を抜くと、

「大丈夫。ちょっとした傷です」

「いえ、とんでもないことで……。早く謝らないかね！」

おかみさんの分厚い手が、女の子の頭をひっぱたく。

「すみません……」

女の子はワッと泣き出してしまった。

「お前が泣いてどうなるんだい！」

「ああ、大丈夫ですから」

と、修は言った。「大したけがじゃないですよ」

一緒にチャーハンを食べていた久米早苗《くめさなえ》は、バッグを開けると、

「これ。――ウェットティッシュで傷を拭《ふ》いて。消毒になるわ」

「ありがとう。普通のティッシュもあります？　血が止れば……」

「はい。この間、道を歩いててもらったの」

と、笑って、「私にこんなのくれてどうするのかしらっておかしかったけど、役に立ったわ」

修は、裸の女の子の写真が入ったテレクラの宣伝用のティッシュペーパーを見て笑うと、

「本当だ。この傷の血は止っても、鼻血が出るかもしれないな」

「まあ」

「――よし、止った」

ティッシュを何枚か使うと、血はほぼ止った。濡れティッシュで傷口を拭き、

「はい、これを貼《は》って」

と、渡されたキズテープを貼る。

「――ありがとう。何でも持ってるんですね、久米さんは」

「子供たちが年中転んだりしてけがするから。持ち歩くのがくせになってるの」

「もう大丈夫。――ね、もう泣かないで」

店の女の子は、渋い顔のおかみさんと一緒に、割れた器のかけらを拾いながら、まだ泣いていたのである。

「本当にすみません。お代はいただきませんから」

と、おかみさんが詫びると、

「いいんです。それじゃ、スープでもサービスして下さい。それで充分」

と、修は言った。

「かしこまりました。――ほら、雑巾《ぞうきん》で拭いとくんだよ」

「はい……」

しゃくり上げて、女の子は修を見ると、照れたように赤くなって、あわてて店の奥へ入

って行った。修が追いかけるように――。

「自分が転ばないでね！」

修は、ハンカチで手を拭うと、「――食べちゃいましょうか」

久米早苗は、まじまじと修のことを眺めている。修が食べかけの手を止めると、

「何ですか？」

と訊いた。

「佐伯さんって、とても二十歳《はたち》には見えないわ」

「そうですか？」

「タダにしてくれるなら、それでも良かったのに」

「でも、その分、あの子の日給から引かれるんです、たぶん。それじゃ可哀そうだ」

と、修は小声で言った。

「そういうところが、二十歳にしちゃ大人だわ。私よりずっと落ちついてる」

「楽してるだけですよ」

修は、チャーハンを食べた。半分ほど残っていた器は、すぐ空になって、食べ終ったところへ、玉子のスープが来た。

――修は、あの施設、〈明世園〉の玄関先で会った職員の久米早苗と食事をしているところである。

食事といっても、大学生の身、安上りな中華の店ですませている。

「久米さんって、いくつですか？」

「あら、ほめたばっかりなのに、女性の年齢を訊くの？」

と、久米早苗は笑って、「二十六。あそこに勤めて、もう六年よ」

「大変な仕事ですね」

「まあね。でも、保育園とか幼稚園みたいに小さい子の面倒ばかりみてるわけじゃないから、腰を痛めたりすることは少ないの。赤ちゃんから、高校生までいるわけだから、上の子が下の面倒をみるって習慣ができていてね」

「そうなんですか」

「でも――みんな親を亡《な》くしたり、捨てられたりした子たちだから、私たちが精神的に母親の代りなのね。何十人の子の母親って――かなり辛いわ」

微笑んではいるが、それは本音だろう。

「そうでしょうね」

母親。――修は、自分が母親だった日々のことを、思い出していた。

「――それで」

その名を口に出すのは、苦しかった。「柳原美沙は――彼女はちゃんとあそこで共同生活に溶け込んでるんですか」

久米早苗は、スープを一口飲んで、

「溶け込めない子はいくらもいるわ」

と言った。「本当に赤ん坊のころからそこにいて、高校を卒業して社会へ出たとたん、自殺した子がいたの。あそこにいたときは反抗的な男の子でね、みんな手を焼いてたのよ。その子が遺書に、『〈明世園〉に帰りたい』って書いたの。——溶け込むって、どういうことなのか、みんな悩んだわ」

早苗は首を振って、

「でも、誤解しないでね。美沙ちゃんがそうだっていうんじゃないの。あの子は、きちんと暮してる。ケンカもしないし、小さい子の面倒はきちんとみる。ただ、誰にも心を開かないし、笑うこともないわ。一人でいて、いつも何か思い詰めてるようで……」

修は黙って肯いた。

「——あの子が一人になった事情、知ってるんでしょう？」

「ええ」

「あんなことがあればね……。大人を信じなくなっても仕方ないわね」

と、早苗は言った。「あなたは、美沙ちゃんのことを知ってるようだけど、美沙ちゃんはあなたを憶えてないようね」

「それは……。ええ、小さいころしか知らないので。——でも、僕はあの子を救い出してやりたいんです。人を信じなくなっているあの子を」

「それは簡単なことじゃないと思うわ」

「分っています」

修は、少し考え込んでいたが、「たとえば……あの子を誘って外出することはできるんですか」

「もちろん！　刑務所じゃないんですから、束縛はしないわ。むろん間違いがないように気を付けてはいますけどね」

「男の子から手紙が来てましたね」

「ええ。——可愛《かわい》くて目立つ子だから、高校でも男の子によく好かれるらしいの。ラブレターなんか珍しくもないみたい。でも、あの子は相手にしないわ」

「今まで一度も？」

「ないわね。——何度か、デートらしいものに行ったこともあるけど、それでおしまい。男の子を信じない——というより、男女の愛とか、そういうものに不信を抱く子は多いわ。自分の両親の姿を見てるわけですものね。美沙ちゃんは、両親が離婚されたというわけじゃないので、少し事情は違うのかもしれません」

と、早苗は言った。「でもね。両親がひどい状態になって、別れてしまった家の子が、また奥さんのいる人と間違いを起したりするの」

――愛情に飢えているからこそ、愛情を求めるのだろう。

「佐伯さん。――美沙ちゃんに何か伝える？」

修は少し迷ってから、

「よく考えてみます」

と言った。

そして、付け加えて、

「もちろん、あの子とゆっくり話してみたいと思いますけど、いきなり話しかけても、警戒するだけだろうし……」

「そうね。でも、私も嬉しい。美沙ちゃんのことはいつも気になっていたから」

久米早苗のホッとしたような笑顔は、修の胸を打った。――もちろん、普通のＯＬ勤めとは違うにしても、〈明世園〉での仕事にそこまで一人の人間として係《かかわ》るのは、大変なことである。

「もし良かったら――」

と、早苗がふと思い付いた様子で、「今度、〈お誕生会〉に来ない？」

「〈お誕生会〉？」

「毎月、その月の生れの子たちのお誕生日のお祝いをまとめてやるの。親が来ることもあるし、お友だちを呼ぶこともあるし……。美沙ちゃんと話をするには、いい機会かもしれないわ」

「ありがとう。ぜひ、伺わせて下さい」

と、修は身をのり出すようにして言った。

「今月の日取りがまだ決ってないんだけど。決ったら知らせるわ。たいてい、最後の日曜日なの」

「分りました。——これ、アパートの電話番号です」

と、修はメモをして渡した。

「必ず電話するわ」

「ありがとう。——今夜は時間をとっていただいて……」

「いいの、そんなこと。——でも、ごちそうになって構わないの？」

「僕の用事で来ていただいたんですから」

「じゃあ、ごちそうになるわ」

と、軽く頭を下げたとき、ルルル、と電話の音がこもったように響いて来た。「ごめんなさい！」

早苗はちょっとあわてた様子で、バッグから携帯電話を取り出した。

「——はい、久米です。——あ、何だ……」

急に声のトーンが下る。「——うん。——今はちょっと……」

横を向いて話している早苗の表情が曇った。

修は、伝票を手に取ると、そっと立ち上って、顔を向けた早苗に向って黙ったまま頭を下げた。

そして、会計をすませると、そのまま振り向きもせずに、店を出て行った。

「――もしもし」

早苗は座り直して、「今からなんて無理よ。明日も早いんだもの。ね、無理言わないで」と、哀《かな》しそうな声になる。

「誰かと一緒なのか」

不機嫌《ふきげん》な声が訊く。

「いいえ、一人よ。仕事が遅くなって、一人で食事しに出たの」

早苗は、あの二十歳の大学生が気をつかって席を立っていってくれたことを、ありがたいと思った。もし、一緒にいたら、嘘をついたことになるところだ。

ついさっきまで佐伯修と一緒だったとしても、今は違う。「今は一人でいる」と言っても、嘘にはならないのだ。

早苗は、修がそこまで察して席を静かに立ち、無言のまま出て行ったような気がしていた。

「――うん。今度の日曜日は、新しく受け入れる子を迎えに行かなきゃならないの。私しかいないんだもの」

「ちっとは休めないのかよ」

と、不平が出るのも、仕方のないところだったが……。

「ごめんなさい。でも、こういう仕事だし……」

「分ってるけどさ。——俺がちゃんとした仕事に就かないからいけないんだ。ヒマだから、ついこうやって電話しちまうんだよな」

「いいのよ、かけてくれても」

と、早苗は急いで言った。「かけて来てくれるのは、凄く嬉しいの。本当よ」

「うん、分ってるよ」

少しも分ってない口調である。「じゃ、次の日曜日？」

「たぶん……ね。今、ここで約束できないわ。でも、できるだけ空けるから。できるだけ——」

言いかけて、早苗は、佐伯修に話した〈お誕生会〉が、たぶん、その日曜日になるだろうと気付いた。しかし、今またそう言えば彼は怒ってしまうだろう。

「私からもかけるわ。風邪、ひいてない？」

「うん、元気だよ。何もしてないんだから、疲れるわけもないしな」

早苗はチラッと腕時計を見た。——もう〈明世園〉へ戻らなくては。

早苗は一応アパート住いで、〈明世園〉へ通っているのだが、週に少なくとも二日は泊らなくてはならない。

「じゃ……。私、もう戻るから。また、私からも電話するわね」

「うん。――ごめんな、忙しいのに。俺とは違うんだってこと、よく分ってんだけどさ」

「そんなこと言わないで。――ゆっくり体を休めてね、今は。仕事は、時間かけてじっくり探せばいいのよ」

「うん。じゃ、また」

江田克彦《かつひこ》は、何だか少し唐突に切ってしまった。

早苗は重苦しい気分で携帯電話をバッグへしまい込んだ。

園の電話にかけて来られると、落ちついて話もできず、同僚に気がねなので買った携帯電話。もちろん、江田もかけてくるが、園から急な呼出しがあるときもかかってくるので電源を切ってしまうわけにもいかなかった。

早苗は立ち上ると、急いで店を出た。

「ありがとうございました」

さっき器を落として泣いていた女の子が、爽やかな声をかけてくれた。

外へ出ると、早苗は左右を見た。

もう、佐伯修の姿は見えない。もちろん、向うにしてみれば、待っている理由はないわけだが……。

二十歳とは思えない気配りのしかたと、落ちついた振舞い。

「ふしぎな人だわ」

と、歩き出しながら早苗は思った。

そしてふと、柳原美沙のことを羨《うらやま》しくさえ思ったのである。


休憩の十五分間が、美樹にはとんでもなく長く感じられた。

もともとそう長い芝居ではない。休憩を含めて二時間と少し、というところだろう。

でも、前半の約一時間、美樹は「来なければ良かった」とばかり考えていた。

芝居そのものがつまらなかったわけではない。本当は修と来たかったのだ。でも、一人で見るよりはと思って、いつもお昼のときにしつこく誘って来る同じ一年生の阿部と一緒に来た。

「――あの女の子、可愛かったよね」

と、阿部はパンフレットを見ながら言った。

感想を述べているつもりらしい。前半のほとんど、口を開けて居眠りしていたのだ。

美樹は返事をする気にもなれなかった。

「よく入るなあ、こんなわけの分んないものに」

と、阿部は休憩時間の客席を見回して、「一人五千円？　――何人入るんだろ、このホール？　三百か……。大体三百だな」

と、見当をつけて、

「三百人として、一人五千円……。百五十万だな、一回で。十日間やると千五百万。――千五百万か！　いいなあ」

美樹は、周りの客が忍び笑いでもしているような気がして、頬を赤らめた。

阿部は一浪でＫ大に来ているので、一つ年上だが、およそ芸術というものに関心のない（値段を除けば）男だった。

絵の展覧会を見ても、「いくらするか」が分らないと、賞《ほ》めていいかどうか判断できないというタイプだ。それでも、入学式の当日から、帰りがけの美樹に、

「一緒に帰ろう」

と接近して来た。

一つ年上といっても、印象はもう大分くたびれた「中年」に近い。

休憩が終るブザーが鳴って、美樹はホッとした。

前もって、修に言っておけば良かったのだ。当日急に誘っても無理というものだと分っていたが――。

美樹は、自分の誘いが押し付けがましく思われるのが怖かったのである。何でもてきぱ

きと積極的にやる美樹だが、修のことになると、とたんに弱気になってしまう。

でも――この次は、ちゃんと前もって言っておこう。そして、修の都合が悪かったら、一人で来よう。

芝居の後半が始まる。照明が落ちて、舞台も初めは真暗だった。客席も、非常口の明りまで一旦消えて、ほとんど完全な闇《やみ》に包まれた。

少しざわついていた客席も静かになり、やがて低く音楽が流れ始める……。

美樹は、肘かけにのせていた手をいきなりギュッと握られて、飛び上るほどびっくりした。

手を引っ込めようとしたが、阿部は離そうとしない。

「やめて！」

と、低い声で囁《ささや》いたが、阿部は両手でギュッと美樹の手を挟んだままだ。

カッと頭に血が上った。

美樹は辺《あた》りにはっきり聞こえる声で、

「手を離してよ」

と言った。「いい加減にして！」

周囲から腹立たしげな舌打ちの音、

「シーッ！」

と、たしなめる声が上った。

阿部も、美樹が本気で怒っていると分ったのだろう。渋々手を引っ込めた。

美樹は怒りで体が震えた。

舞台が明るくなり、芝居が始まる。美樹はチラチラと自分の方を見る阿部の視線を感じていたが、無視して一心に正面の舞台を見据えていた。

けれども、腹立たしさのおかげで、芝居どころでなく、結局、何を見たのか分らないまま、幕が下りてしまった。

席を立つと、美樹は客の間をすり抜けて、一人、劇場を走り出た。

阿部が追いかけてくるのは分っていたが、道の真中でケンカはしたくない。急いで、細いわき道へ入って、しばらく隠れていた。

ゾロゾロと出て来る客に混って、阿部がキョロキョロしながら歩いてくる。

美樹は、阿部がふてくされた様子で行ってしまうのを見送った。

——自分が哀れで、寂しかった。

私が好きなことを、知っているはずなのに。

胸の奥深く、痛みを抱いて、もう人のまばらになった通りを、美樹は歩き出した……。

8　影の顔

ここでいいんだよな。

——その男は、何度も確かめるように、信号の表示板を見上げた。

少し蒸し暑い日だったが、男がしきりに顔の汗をハンカチで拭いているのは、そのせいだけではない。

何しろ三万も払うんだからな。——三万だぞ！　俺の月給の何分の一だ？

女はいいよ。ちょっと脱いで見せりゃ、何万にもなる。男はそうはいかない。

三十代も半ばにはさしかかっているその男は、額が大きく禿《は》げ上って、腹の出っ張り具合も立派な「四十代」だった。「脱いで見せ」たところで、三万円も払う物好きはあるまい。

男は、その交差点に、十分近くも立っていた。

「——畜生。でたらめかな」

と、ブツブツ言っていると、赤信号の交差点の向うに、ブレザーの制服にバッグを肩からさげた女の子が立ったのに気付く。

――あれかな？

「まさか……」

可愛すぎる！　あんな……きれいな子が？

きっと偶然あそこへ来ただけだ。きっとそうだ。

それでも、男は無意識に手にした週刊誌の表紙が見えるように持ち直した。ひどく不自然な持ち方だが、そんなこと、気にしちゃいられない！　何しろ三万だからな……。

その少女は、ただ信号が変るのを待っているだけにも見えた。全く男の方を見もしないし、誰かを捜している風でもない。

もしあの子だったら……。三万だって惜しくない！

あまり目のいい方じゃないのだが、なぜか女の子だけはよく見える（？）という、ふしぎな視力の持主。

やっと信号が変って、その少女は真直ぐ彼の方へと横断歩道を渡って来た。

男は胸がドキドキして、引っくり返るかとさえ思った。週刊誌を握りしめる手は汗がにじんでいる。

少女は足早に横断歩道を渡り切ると、男の方へは一目もくれず、素通りして行ってしまう。

やっぱりか……。がっかりしたが、同時に、

「あんな子が、三万くらいでそんなことするわけないな」

と、自分へ言い聞かせる。

さて……。他にそれらしい女の子は？

交差点をキョロキョロと見回していると、

「何してるの」

と、すぐ後ろで声がした。

びっくりして振り向くと――。

あの少女である。ブレザー姿の、間近で見ると、色白でハッとするほど可愛い。

「あなたでしょ。〈週刊S〉持って立ってるって人？」

「――うん、そう。そうなんだけど……」

本当にこの子？　男は頭がクラクラして来た。少女は彼の体調など一向に構わない様子で、

「じゃ、一旦そこの喫茶店で。ビジネスの話を先にすませてからね」

「うん、いいよ」

さっさと歩いていく少女を、男はあわてて追いかけて行った。

――喫茶店に入ると、少女は、

「フルーツパフェ」

と注文しておいて、「ここの支払いはどうする？」

「――え？」

見とれてボーッとしていた男は、思わずそう訊き返していた。

「私が払うのが本当なの。自分の分のことね。でも、払って下さるのなら、断りません」

「ああ、もちろん！――払うよ、これくらい」

「ごちそうさま」

と、少女は軽く会釈《えしゃく》した。「じゃ、先に三万円払って。時間が延びたら追加料金」

「分った」

男はいささか震える手で財布を取り出し、一万円札を抜いた。三枚数えるにも指先が震えているので難しい。

少女は受け取ると、数えて、

「一枚余分だった」

と、きちんと返す。

「どうも……」

男は礼まで言っていた。

男はコーヒーが来て（頼んだことも忘れていた）、そのままガブッと一口飲んで熱さに飛び上りかけた。

少女は、落ちついたもので、フルーツパフェをのんびりと食べ始めた。

「君……いくつ？」

と、男は訊いた。

「十七。見えない？」

「いや、確かに十七だ。うん、間違いない」

と、肯く。

「どうしてこんなことしてる、なんて訊かないでね」

と、少女は言った。「余計なことは話したくないの」

「うん、分った」

男の方にとっても幸いだった。のんびりおしゃべりしている気持の余裕などないのである。

「そ、それで、これから後は？」

と、男は声が上ずっている。

「ホテル、どこか決めて。入ってから、電話で連絡することになってるの」

「――分った」

そうか。三万の他にホテル代がかかる。

やっぱり、そううまくいくはずがないと思ったんだ……。

「――ごちそうさま」

と、少女はパフェをきれいに食べ終ると、

「時間、むだにしてももったいないでしょ。行く？」

「う、うん」

と、男は伝票を取ろうとして床へ落としてしまった。

「手がベタベタしちゃった。ちょっと洗ってくる。すぐ戻るから」

少女が立ち上って、店の奥の化粧室へ入ると、男は水をガブガブ飲んで息をついた。

――夢みたいだ！

今までも何度か金を出したことはある。しかし、あんな子は一人もいなかった！

男は武者震いをして、何度も深呼吸をした。

「――失礼ですけど」

と、声をかけられて振り向くと、大学生らしい男性が立っている。

「何か？」

「あの――余計なことだと怒られるかもしれないけど、たまたま表を通りかかったんで。今、一緒だった女の子、知り合いですか？」

「――ああ、そうだよ」

「本当のことを言って下さい。本当はお金を出して買ったんでしょ？」

「何だよ、君は？　失礼じゃないか」

と、男は不機嫌な顔で言った。

「すみません。でも、あなたがひどい目に遭うのを、放っておけなくて」

「ひどい目に遭う？」

「二人でホテルへ入ると、後からヤクザがやって来て、脅されるんです。もちろん有金全部持ってかれて。僕は学生なんで、それで勘弁してもらいましたけど、サラリーマンで、何百万も払わされて、借金で泣いてる人もいるっていうんです。とんでもない女の子なんですよ。――ごめんなさい、余計なことを。邪魔するつもりじゃなかったんですけど。――それじゃ」

と、大学生はさっさと出て行ってしまう。

ヤクザ？　――男は青くなった。

うますぎる話だと思った！

職場にまで押しかけて来られたら、大変だ。それに――何百万なんて金、サラ金にでも飛び込まなきゃできっこない。

男は、急に冷水を浴びせられたような気分で、あわてて立つと、会計へと走った。

「――ありがとうございます」

ウェイトレスがのんびりとレジに立つと、

「あの——これで。おつりいらないから！」

「え？　——あ、ちょっと！」

呼び止める間もあらばこそ、男は一目散に店を飛び出して行ってしまった。

「——あれ」

化粧室へ行っていた少女は戻って来て、席が空っぽなのを見ると、首をかしげた。

鞄を手にレジへ行って、

「あの席の男の人……」

「何だか急いで出てっちゃったわよ」

「そうですか」

「それでね、『おつりはいらないよ』って言ってくれたんだけど」

と、ウェイトレスは千円札をヒラヒラさせて、「消費税分が不足なんだ」

「あ、ごめんなさい。私、払います」

と、少女は財布を取り出した。

——店を出た少女は、あの男が待っているかと左右へ目をやったが、もう男の姿はどこにもなく、拍子抜けの様子で歩き出そうとして——。

「何よ」

と、少女は言った。

目の前に立っていたのは、大学生らしい若者で、

「どういうつもりなんだ！」

と、声を荒げて、「あんなこと……。自分のしてることが分ってるのか？」

「何よ、出しぬけに」

と、少女はムッとした様子で、言い返したが、「――そうか。あんたが何か吹き込んだのね？」

「忠告しただけだ」

「大きなお世話よ」

と、少女は言い返し、大股《おおまた》に歩き出した。

「――美沙！」

ハッと振り向いて、

「――どうして私の名前、知ってるの」

と言って、まじまじと相手を見つめ、「あ……。いつか、〈明世園〉の前で私のことジロジロ見てた人だ」

「僕のことなんかどうでもいい。正直に答えて。前にもこんなこと、したことあるのか？」

「『どうでもいい』人に、どうしてそんなこと答えなきゃいけないの？」

「——君のことを心配してるからだ。それに、あの〈明世園〉にだって迷惑をかけること
になるかもしれないんだよ。そんなことになったら、申しわけないだろ」

「あんたの知ったことじゃないでしょ。どういうつもり？」

「僕は——」

　と言いかけて、何とか穏やかな口調に戻った。「僕は……佐伯修」

「知り合いにそんな人いなかったわ」

「君は僕のことを知らなくても、僕の方は君をよく知っている。——柳原美沙君」

　美沙はちょっと気持悪げに修を眺めていたが——。

「誰でもいいわ。放っといて！」

　と、叩きつけるように言った。

「美沙！」

「あんたに呼び捨てにされる覚えなんてないわ！」

　美沙は、半ば駆け出すように行ってしまった。

　修も、後を追って行くのはやめた。——こんな昼間に、町中で追いかけっこをやるわけにはいかない。

　修は、美沙の姿がたちまち人の間に消えてしまうのを見て、

「人の気も知らないで！」

と、思わずグチってしまった。

修は、頭に血が上って、むやみやたらとその辺を歩き回った。

商店街の中を一軒ずつ、店へ入ってみたり、スーパーやコンビニも、全部中を通過して、その都度つい、

「あ、トイレットペーパーが安い」

などと思ってしまっていた。

それどころじゃない！　トイレットペーパーが高いとか安いとか言ってる場合じゃないのだ。

美沙が……。あんなことをしているなんて！

大学が臨時で休講になって、修は美沙が学校から帰るのを待ってみようと思ったのである。しかし、まさかこんなことが待っていようとは……。

それにしても——確かに、施設にいれば、こづかいが足りなくなることもあって「アルバイト」をしたくなる気持も分らないではない。しかし、あんなことを、前からやっていたのだろうか？

修は——むろん、「美沙の母親」として、何とかしなければ、と思った。放っておくわけにいかない。

そう……。しかし、美沙にしてみれば、「赤の他人」の修がどうしてそう干渉してくる

のか、ふしぎだろう。

修は足を止めた。——息が切れて、苦しい。

気が付くと、見たことのない場所に来ていた。

どこまで歩いて来てしまったんだろう？

——修は、バス停に古ぼけたベンチがあるのを見付けて、腰をおろした。

心臓がひどく早く打って、汗が出てくる。

——呆れた。夢中になっていたとはいえ、こんなに歩き回っても何の役にも立たない。

美沙……。

考えてみれば、美沙があんなことをしているからといって叱《しか》れるだろうか。いや、母親としては美沙が自分を粗末にするのを放ってはおけない。にしても、問題はどうしたら美沙が聞いてくれるかである。

「恋か……」

本当の恋を知らない内に、あんな形で男と寝ていたら、男を信じない女になっていくだろう。——他人を信じないとしても、責めることはできないが。

恋。——そう、恋だ！

修は、美沙を立ち直らせる方法は一つしかない、と思った。

それは「恋をする」ことである。

相手に尽くすこと、人を大事にする気持を持たせること、それが、「自分を大切にする」ことにつながる。

そうだ。美沙の心は、ずっと水をやって来なかった花と同じだ。

今は乾いているかもしれないが、水をやれば、必ず花が開くだろう。

でも……。問題は、美沙が誰に恋をするか、である。

いや、誰にだって、無理に「恋をさせる」ことなどできはしない。

――修は、じっと考え込んでいたが……。

仕方ない。どう考えても、それができそうなのは一人だけ。つまり、自分だ。

「――そんなことって！」

つい、母親の言葉が飛び出してしまう。

見かけは男で、男であることにも慣れては来た。しかし、相手は「我が子」である。

母親が娘を誘惑する？

自分で自分の考えに呆然《ぼうぜん》としてしまう修だった……。

9　取材

「じゃ、お先に」

という同僚の声に、

「おやすみ」

と、久米早苗は答えてしまった。

無意識の内に、ひどく眠いということを白状したようなものだ。自分でも気付いてハッとしただけ、まだましかもしれなかった。

幸い、相手は聞いていなかったか、それとも、半分眠りかけているのは同様だったのかもしれない。

「さて……」

分担してやるといっても、結局若くて元気な何人かに仕事は集中する。特に、今月の〈お誕生会〉の会場になる広間の飾りつけは昨日もひと晩費して三分の一も進んでいなかった。

当直の職員が顔を出し、

「何だ、早苗さん、まだやってるの？」

「もう少しやって帰ります」

と、早苗は答えた。

もう少し、と言っても、もう夜中――午前一時である。

でも、もう〈お誕生会〉は明日だ。出勤して来てからは色々やることが多くて、ここの飾りつけまで手が回らないだろう。主なところはやっておきたい。

眠くてボーッとする頭を振って、早苗は脚立に上り、星の形に切った金紙の飾りをぶら下げようとした。

ちょっと、手が届かない。脚立の上で爪先立《つまさきだ》ちをするという、危ないことをやって、

「あ……あ……」

バランスが崩れた。「キャーッ！」

もののみごとに転り落ちて、さっきの職員がびっくりして飛んで来た。

「早苗ちゃん！　大丈夫か？」

「すみません……。大したことないです……」

抱き起されて、やっと立ち上った。

幸い、本当に「大したこと」はなくて、腰もそうひどくは打たなかった。

「ほら、座って……。けがしなかったか？」

堀《ほり》という男性は、三十代の半ばで、この〈明世園〉ではベテランの職員である。

「ちょっと膝を打っただけ……」

早苗は、痛みよりも情ないので涙が出て来そうだった。

「手当てした方がいいかな？　ほら、痛いの痛いの、飛んでけ！」

「堀さん……。子供じゃないんですから」

「ごめんごめん。つい、くせでね」

人の好《よ》いその笑顔を見ると、早苗も笑ってしまう。

「――大丈夫です。堀さん、やすまないと」

当直は、小さい子がおねしょなどしないように、夜中に一度起してトイレに連れていく。当然、自分はいつも寝不足である。

「君も、もう帰って寝ろよ。な、明日みんなでやればいいさ。倒れちまったら仕方ない」

「ええ……」

無理をしてここにいても、一向に能率は上らないだろう。早苗も堀の言葉に従うことにした。

「――どうしたの？」

と、さっき先に帰ったはずの同僚の女性が広間を覗いた。

「何でもないの。ちょっと脚立から落ちてね」

「まあ、危ない！」

「帰ったんじゃないの？　忘れもの？」

「違うの。あなたのこと、表で待ってる人がいるから、教えに来た」

「え？」

早苗は目を丸くした。

「——どうしたの？」

外へ出て、ポケットに両手を突っ込んでブラブラしている江田克彦を見て、早苗は当惑した。

「まだ、仕事？」

と、江田は訊いた。

「ごめんなさい……。明日のこと、言い出しにくくて……」

早苗は、江田の部屋の留守番電話に、「明日は〈お誕生会〉で」と吹き込んだのだ。江田が傷つくとは思った。でも、早苗も疲れていたのだった。

「いいんだ。君が他の男とデートでもするんじゃ頭に来るかもしれないけどな」

江田は、ＴＶ局に契約社員として勤めていた。そして過労で倒れ、入院。

正社員でないので、働けなくなれば、即座に仕事を失う。

すでに二十九歳で、いつか正社員として採用されることを夢見ていた江田としては立ち直れないほどのショックだった。

大学のサークルで知り合った早苗は、江田を元気付けようと努力はしていた。

しかし、早苗自身が忙し過ぎる。人のことを考えるには、疲れ過ぎていたのだ。

だが、こんな時間にどうしたのだろう？　早苗は、江田が少しも怒っていない様子なのを見て、却って心配になった。

「こんなに遅く、やって来てごめん」

と、江田は言った。「部屋に電話しても出ないからさ。もしかして……」

「いいのよ、そんなこと。何か急な用？」

「ちょっと――」

と、江田は少し声を低くして、「明日、ここの〈お誕生会〉なんだろ？」

「ええ、そうよ」

「昨日、TV局時代に知ってた人がやって来てね――。ホテルのラウンジに呼び出されたんだけど。彼女、君と僕の付合ってることまで知ってるんだ。びっくりしたよ」

「どういう人？」

「元、ニュースのレポーターをやってた女性で、落合淳子っていうんだ。もう局は退社して、フリーで頑張《がんば》ってる」

「落合淳子？　――聞いたことあるわ」

「そう！　彼女がね、明日の〈お誕生会〉を取材させてくれって言ってるんだ」

思いがけない話だった。

「――取材？　それって、ＴＶの？」

「うん。悪くないだろ？　こういう仕事を取り上げてもらうことで、世間に知られることにもなるし」

「そうね……」

早苗はためらった。「でも取材は、ちゃんと園長の許可を取らないといけないの」

「だろうけど、そこを何とか話してみてくれないか。ね？」

江田は、久しぶりで「やる気」が見えた。

「あなたも手伝うの？」

「うん、落合さんが僕のことを推薦してくれたって言うんでね。これがうまく行ったら、局へ話をして、正社員として戻れるようになるかもしれないんだ！」

江田の目は輝いている。――この光を消してはいけない。

これが消えてしまったら、二度と江田は立ち直れないかもしれない。

「――分ったわ」

　と、早苗は肯いて、「園長先生、海外出張で明日までいらっしゃらないの。許可を申請してたら、間に合わないし……。いいわ。その代り、プロ用の大型のカメラやスタッフの人はうまくないわ」

「でも、録画しないと――」

「父母とか親戚のような顔で来てくれればいいのよ」

　と、早苗は言った。「一緒に遊べれば、それが一番だわ。それと――どうしてもビデオに撮るのなら、自分が小型のビデオカメラを回して。それなら問題ないわ」

「そうか……」

　江田は難しい顔になって、「でも、ホームビデオじゃ……。分るだろ？　全国に流すんだよ。業務用の機材でないと」

　早苗も、それくらいのことはよく知っている。しかし、業務用のカメラを入れるということは、何人ものスタッフが入ることで、それは園長の許可なしでは難しい。

「――頼むよ」

　と、江田は手を合せた。

「やめて、そんなこと……。いいわ、分った」

　と、早苗はつい言っていた。

「ありがとう！　きっと落合さんも喜ぶよ！　じゃ、明日何時に来るか、また連絡するから！」

「ね、待って――」

早苗が呼び止めても、江田の耳には全く入らなかった様子で、勢い込んで駆けて行ってしまう。

「――どうしたんだい？」

堀が玄関まで出て、心配そうに言った。

「いえ……。何でもないんです」

早苗は中へ戻った。

「今のが、早苗ちゃんの彼氏か」

「『彼氏』なんて……。でも、まあそうかな」

と、早苗は少し頬を赤らめた。

「もう引き上げて。明日やればいいよ」

「そうします」

「じゃ、僕は一寝入りする。おやすみ」

「おやすみなさい」

――早苗は、今の江田の話を堀へ伝えることができなかった。

堀に言えば、「園長にうかがってみよう」ということになるのは分っていたし、そうなると、断られる可能性もある。

早苗は、この〈明世園〉の職員としては断るか、園長が戻るのを待って、来月の会を取材してもらうかするべきだと分っていた。

でも——江田の「恋人」として、早苗は彼の希望をはねつけるわけにいかなかった。

むろん、その落合淳子が、本当に江田のことをTV局に入れてくれるかどうか分らないし、そんな力のある女性なら、自分も辞めずにすんだだろう。

だが、問題は江田が「張り切っている」ということなのである。

園長へ連絡しても、今はつながらない、ということにしておこう。連絡して、「だめだ」と言われるよりは、早苗自身が勝手に了解してしまったことにした方がいい。

後で問題になれば、そのときのこと。

そう心を決めると、早苗はやっと気分が落ちついて、帰宅することにしたのだった……。

電話が鳴ったとき、修は机に向っていた。

机に向ってはいたが、居眠りしていたので、電話の音でハッと目が覚めたのである。

「——あ、もしもし」

フフ、と笑い声がした。もう聞き慣れた声である。

「美樹ちゃんか。何だ、こんな時間に」

と、頭を振りながら言うと、

「まだ一時よ。眠ってたんでしょ。そんな声だったわ」

と、美樹は言った。

「勉強してると眠くなるんだ」

と言って、本当に大欠伸《おおあくび》をした。

「安心した。その辺は昔の通りの修さんだわ」

本当のところ、大学一年生なら（二十歳《はたち》とはいえ）、もっと夜ふかしでもおかしくない。こんな所に「中年」の疲れが出るのだろうか？

「どうかしたのかい？」

「明日……出かけるって言ってたね」

「うん。せっかく誘ってくれたのに、ごめんよ」

美樹から、美術展に誘われたのだ。しかし、修は〈明世園〉へ行かねばならない。

「そんなことといいの。まだ美術展は当分やってるし」

「うん。その内行こうな」

修も、こういうときに、「誰かと行けば」と言うと美樹が怒るということを、やっと憶えたのだ。

「うん！　他の子と行っても、つまらない」

「阿部が昨日の昼休みに、『美樹ちゃんは俺の彼女だ』って言い張ってたぞ」

「やめて、あんな人！」

と、美樹は腹を立てて、「大体、修さんがいけないのよ！」

「ごめんごめん」

修も、観劇のときの阿部との悲惨なひとときについては美樹から聞いている。

「でも、しつこいの。私も明日、どこかへ出かけなきゃ。約束してなくても押しかけてくるわ」

美樹は辛口《からくち》である。「ね、修さんは明日、どこかの施設に行くのよね」

「うん。レポートのための取材だ。今、家を失くした子供が多いからね」

「そうか……。ね、私も一緒に行っていい？」

修はびっくりしている。

「だけど――面白いことなんかないと思うよ。美樹ちゃんが、子供好きでもね。それとこれは別だし」

「私だって同じK大生よ。分ってるわ」と、美樹は不服そう。「興味があるの。ね、連れてってよ。どうせ修さんだって、子供の面倒みられるわけじゃないんだし……」

「そりゃそうだけど……」

修はためらった。

修の目的は美沙に会うことである。――それを美樹が知ったら、どう思うだろう？

「ともかく、何と言われても、行く！」

と、美樹は宣言した。「だめ、と言っても、朝からそっちへ押しかけて紐《ひも》で縛りつけとくからね」

「分ったよ」

仕方ない、言い出したら聞かないだろう。

却って、快く連れて行った方が、怪しまれないかもしれない。

「じゃ、十時ごろ来られるかい？」

「うん！」

「一緒に行こう。明日は〈お誕生会〉なんだ」

「楽しそうね」

「どうかな。レンタルショップで、ビデオカメラを借りて来た。これで撮ろうと思ってね」

「私のことも撮って。一曲歌ってあげる」

「カラオケやりにいくわけじゃないんだぞ」

と、修は笑って言った。「ともかく、おとなしく見ててくれ」

「はいはい。小学生ね、まるで」

と、美樹は不服げに言った。

その明るい口調の裏に、修は切ない美樹の心の声を聞き取っていた。

美樹ちゃん、ごめん……。

修は——三十七歳の女として、少女の心がよく分った。

ことさら平然と振る舞うその気持が、いじらしかった。それは、美知代自身の性格とも似通ったところで、いっそう胸が痛んだ……。

「でも——」

と、美樹が言った。「ともかく、明日修さんといられるってだけで満足。夕ご飯、おごろうか？」

「僕にだって、プライドってものがあるんだぜ」

と、修は世間並の男の子らしいことを言ってみた。

10　お誕生会

〈ＫＢＳ〉の文字を大きく車体にかいたワゴン車が見えて、江田克彦は大きく手を振った。

車は、江田の方へ寄せて停った。スライド式のドアが開いて、

「乗って」

と、落合淳子が声をかける。

江田は急いで乗り込むと、

「おはようございます」

と、他のスタッフに挨拶したが、返事はなかった。

みんな口を開けて眠っていたのだ。

「ゆうべ徹夜で取材だったの」

と、落合淳子が言った。「他に手が余ってなかったんで、頼んじゃったのよ」

「大変ですね」

しかし、今の江田には、「眠れないほど忙しい」彼らのことが羨しい。

「〈明世園〉の方、話は通ってるわよね？」

と、淳子が訊く。

「ええ。もちろんです」

「カメラが入ることも？　前もって聞いてなかった、って言って、カメラを嫌う人がいるのよ」

「大丈夫です。了解してくれてます」

「さすが江田君の彼女！」

と、淳子は江田の肩をポンと叩いた。

「あの……でも、ずいぶん地味な取材ですね。落合さんだから、何かよっぽど大きな狙《ねら》いがあるんでしょうけど」

淳子は、正直ドキッとした。

むろん、この江田に話した「復職云々《うんぬん》」はでたらめである。今は人の身まで心配している余裕などない。

それに、何もないのにそんな施設を取材するわけがない。

淳子は、取材の目的が柳原美沙――両親を惨殺された少女の、「その後」にあるということを、江田に教えていない。もし、彼がその施設に勤める恋人にしゃべってしまったら、当然取材は拒否されるだろうから。

江田は怒るだろうが、仕方ない。元々、局のアルバイトでしかなかった男のことなど、気にとめていられるか、って。

車はスピードを上げて、〈明世園〉へと向った。

「近くに来たら教えて」

と、運転しているスタッフが江田に声をかけた。「地図がちょっと古くてね」

「はい！」

江田は窓の外へ目をやって、「この道でいいんです。――真直ぐ行って下さい」

「了解」

「助かるわ、江田君がいてくれて」

と、淳子は適当に持ち上げた。

江田は顔を紅潮させて張り切っている。――こんなときが私にもあった、と淳子は思ったりした。

「――あ、もう着きます？」

と、眠っていたスタッフの一人が車の揺れで目を覚ました。

「起すわよ、そのときは」

と、淳子が言った。「でも、子供を撮るのよ。そのひげ面《づら》、何とかならない？」

「バッグに電気カミソリが……」

と、探って、「あったあった。――でも、目当てはその女の子でしょ」

淳子は目で合図して、

「だめよ、すぐ可愛い女の子ばっかり狙うんだから」

と、大きな声で言った。「さあ、他の人もそろそろ起そうか」

幸い、江田はよく聞いていなかったらしい。

「あと五分くらいです」

と、江田が言った。

「そう。じゃ、ほら！　みんな起きて！」

ポンポンと手を叩くと、みんな何となくウーンと呻《うな》りながら起きる。——習慣というものなのか。

「さあ、もう一仕事よ！」

と、淳子は言った。

「桑田さんにボーナスもらわなきゃな」

と、一人がブツブツ言っている。

局のアナウンサーでもない淳子の指図で動くのが面白くないのだ。淳子はムッとしたが、スタッフが動いてくれなくては仕事にならない。

「疲れてるでしょうけど、よろしく。今度おごるわ」

と、にこやかに言っておく。

幸い、一番古顔のカメラマンは、以前淳子と組んだこともあって、

「俺たちゃプロだぞ。相手が動かないクマでも、今にも人を食いそうに映すんだ！　おい、バッテリー、点検したか？」

と、勢いよく声をかけた。

「あ、そこを左へ曲って下さい。もうすぐです」

と、江田が言った。

「じゃ、仕度しましょ。――ね、初めに小さい子供たちを撮るのよ。施設の人が何も言わない内にね。子供は喜ぶわ、ＴＶに映るって言われれば」

「了解。さすがですね」

「慣れと度胸よ」

と、淳子は言った。

「――そこです」

と、江田が指さす。

車が道の脇へ寄せて停った。

「じゃ、江田君、先に行って、彼女と話して来て。私たち準備していくから」

「はい！」

江田は勢い込んで、ワゴン車から降りて行く。

「――気を付けてね」

と、淳子は他のスタッフに言った。「あの子には言ってないんだから、取材の本当の目的は」

「でも、撮り出せば分るでしょ」

「あの子は舞い上ってるから大丈夫。ただ、その当人――柳原美沙が神経質になってるかもしれないからね」

淳子は、マイクを手に、車を降りた。

――正直、怖かった。

六年前の、あの日のことを思い出してしまうのだ。

そして、柳原美沙に、六年ぶりに会うことが怖い。――桑田が言ったように、きっと淳子のことを憶えていないだろうが、それでも平然と初対面のような顔で通せるかどうか……。

それに、桑田の注文を考えれば、誕生会に出ている美沙の映像だけでは仕方ないのだ。当人にインタビューする必要が絶対にある。

果して、答えてくれるだろうか？

淳子は、そのパッとしない建物を眺めた。

「一応撮っといて。使えないでしょうけどね」

淳子は、〈明世園〉の玄関へと足早に歩いて行った。

「これじゃ、大っぴらすぎるわよ」

という声がした。「こんなに大勢で――」

「今さらだめなんて言えないよ。そうだろ？」

江田の声だ。

案の定、「話が違う」というわけらしい。

淳子は、そんなことに一切構わず、

「お邪魔します！」

と、大きな声で挨拶すると、「玄関で撮らせていただきますので。ちょっとすみません」

「あの――」

「ごめんなさい。ちょっと絵に入ってしまうので、そちらへ……。どう？　ここで、背景が分る？」

「ＯＫです。――ライト」

カッとまぶしいほどの光が当る。

「皆さん、私、今日は〈明世園〉という所へお邪魔しています。『明るい』『世の中』の園とかくんですね。今日はここに暮している子供さんたちの、〈お誕生会〉ということで、楽しそうですね。ぜひ、中を覗かせていただきましょう」

もちろん、こんなカットは使わない。しかし、向うの職員の手前、〈誕生会〉そのものが取材の目的と思わせる必要があった。

「待って下さい。あの……」

「あ、こちらの先生ですね？　今日はよろしくお願いします。落合淳子です。お名前は？」

江田がわきから、

「久米早苗さん」

と言った。

「早苗さん。やさしそうな名前ですね。子供さんたちにも人気があるんでしょうね？」

カメラが向いているということは、素人《しろうと》にはプレッシャーになる。回っていても、ビデオなのだから、いくらでも撮り直しはきくのだが、何だかカメラの前で言い争うのはみっともなく思えるのだ。

「いえ……。あの……」

と、早苗はぎこちなく笑みを浮かべる。

「今、こちらには何人のお子さんがいらっしゃるんですか？」

はっきり答えられることを訊いてやることで、相手をペースに巻き込むことができる。

「八十六人です」

「八十六人！　そんなに。——年齢的には、下は何歳から、上は何歳まで？」

「下は生後三か月の赤ちゃんです。上は高校三年生の男の子がいます」

「幅広いんですね、とても」

「はあ……」

子供たちが何人か、物珍しそうに出て来て、カメラを見ている。

「ほら、カメラさん、あっちあっち。——今日は！　今、いくつかな？」

「十一……」

と、一人が答えた。

「そう。ね、ボクの部屋、見せてくれる？　どんな所で寝てるのかな？　見てもいい？」

と、しゃべりながら靴を脱いで上り込んでしまう。

カメラマンがそれに続く。――久米早苗は、取材陣に注意をするタイミングを失って、ただゾロゾロと上り込むスタッフを見ているばかりだった。

「――何ごとだ？」

と、堀が奥から出て来た。

「堀さん……」

早苗は急いで堀の方へ駆けて行った。

江田は、早苗の話を聞いて堀が顔をしかめているのを、ハラハラしながら眺めていた。もし、取材のスタッフとトラブルになったら……。

早苗が堀に謝っている。堀は肯いて早苗の肩を叩いた。

その間にも、落合淳子とスタッフはどんどん中へ入って行き、子供たちの部屋の中をビデオにおさめていた。

早苗は、玄関へ戻ってくると、TV局のスタッフが脱いで行った靴を一足ずつ、ていねいに揃えて、隅の方へ寄せた。

「――じき、親ごさんたちもみえるから」

と、早苗は言った。

「心配しなくても大丈夫だよ」

「ええ。心配してないわ」

早苗は、江田を見ようとしないで言った。

「私、会場の仕度で忙しいの。ごめんなさいね」

江田は肩をすくめた。――不機嫌だな。せっかくのチャンスだっていうのに。

そうさ。これで局へ戻れたら……。人生が違うものになるんだ！

早苗だって、後になりゃ、分って喜んでくれるさ。そうだとも。

玄関から覗いた顔が、

「入っていいですか？」

「あ、佐伯さん」

早苗はホッとしたような表情になった。

「早過ぎたかな」

「いいえ、いいんですよ。どうぞ」

「――この子が一緒に来たいって言うもんで。従妹《いとこ》の、高倉美樹です」

「いらっしゃい。どうぞ。スリッパ、そこの箱から出して下さい」

と、早苗は言った。「――まだ会場の仕度が終っていなくて」

「お手伝いすることがあればやりますよ」

「私も！　こう見えても、お料理できるんです！」

「まさか、そんなこと手伝っていただくわけにも……」

と、早苗は先に立って、広間へと二人を案内した。

やっと、いつもの笑顔が、早苗に戻っていた。


「――ＴＶ局の車が表に停ってましたね」

と、修は言った。

「ええ……。取材にみえてるんです」

早苗はあまり話したくなさそうだった。

「あ――」

と、美樹が声を上げた。

急に廊下へ出て来た女性と危うくぶつかりそうになったのだ。

「ごめんなさい！」

と、マイクを手にしたその女性は言って、美樹の顔を見ると、一瞬なぜかドキッとした様子だった。

「いえ。――大丈夫です」

美樹は、ちょっとふしぎそうに言った。

修は、振り返って、その光景を見ていたが、早苗がどんどん先へ行ってしまうので、美樹を促して、自分も足を早めた。

「――あの女の人、見たことあるわ」

と、美樹が言った。

「何だか様子が変だな」

「そう？　どうして？」

「いや……。何となく、さ」

ＴＶの取材。――しかし、早苗から、修はそんな話を全く聞いていなかったので、妙な気がしたのである。

「凄い。本格的」

と、美樹が振り返って、プロ用のカメラを肩にのせたスタッフを見ると、「修さんのとずいぶん違うわね」

修はレンタルショップで八ミリビデオカメラを借りて来たのだ。充分片手で持てる小型のカメラである。

「普通はこれで充分さ」

「私も撮ってね」

と、美樹は言った。

「ここが〈お誕生会〉をやる広間なんですけど、飾りつけがすんでいないので、ちょっと待ってて下さい」

と、早苗が言った。

「手伝いますよ。言って下さい」

と、修は言った。

「やあ、手伝ってもらえます？　すみませんね」

早苗が修たちを堀に紹介した。

「じゃ、若い方は背が高いから、上の方の飾りをお願いしようかな」

「分りました」

修が腕まくりしていると、美樹もむくれて、

「私も何かやる！」

「じゃ、本当におといなりさんとか作るの、手伝って下さる？」

早苗の言葉に、

「はい！」

美樹はピョンと飛び上るようにして、ついて行った。

修が笑って、脚立の上に上り、金紙、銀紙でできた飾りを貼りつけていると——美沙が、いつの間にか広間にやって来ていた。

修が来たことに気付いていたのだろう、目が合っても、表情一つ動かさない。

美沙は、入口の傍《そば》に、腕組みをして立っていた。

「美沙ちゃん、ちょっとテーブル運ぶの、手伝ってくれないかな」

堀に言われると、美沙は素直について行った。

率先して何かする、ということを、今は若い子たちが敬遠する。しかし、やる気がないわけでもなく、

「やってくれ」

と言われると、ちゃんとやる。

ふしぎな世代である。

「私、落合淳子」

という声が耳に入って、修はふと、飾りつけの手を止めた。

「——ここで〈お誕生会〉があるのよね？　——ね、何をするの？　淳子お姉ちゃんにそっと教えてくれないかな？」

と、マイクを十歳くらいの男の子へ向ける。

男の子は照れて、それでも嬉しそうに、

「あのね、ＴＶの真似《まね》」

「わあ、面白そう。何をやるの？　こっそり教えてよ」

——落合淳子。

修は、どこかでその名前を聞いたことがある、という気がした。

「——それでＯＫです」

と、堀が下から見上げて言った。「手伝わせちゃって、すみません」

「いいえ。お役に立てれば」

と、修は脚立から下りて、「——何の取材ですか？」

と、少し小声で堀に訊いた。

「さあ……。こんな所を取材して、どうするんですかね」

と、堀は肩をすくめた。「久米君が了解してしまったらしいのでね、今さらやめてくれとも……」

「早苗さんが？」

何かすっきりしないものが、修の中に残った。

あのレポーターらしい女性——何だか気になる。

だが、修が考え込んでいると、

「ね、運ぶの手伝って！」

と、美樹が大きな皿にのり巻といなり寿司《ずし》が一杯のったのを抱えてくる。

「僕が持つよ」

「いいの！　まだ一杯あるから」

と、美樹はすっかり張り切っていて、「飲物が重いから、あの早苗さんって人に訊いて、運んであげて」

「分った」

修は、足早に廊下へと出て、「台所、どこだ?」

と、訊いた。

「奥へ行って右！」

美樹は、まるでここで働いているかのように、返事をした。修は、とりあえずホッとして、言われた通りに廊下を建物の奥へと歩いて行ったのである。

11　トラブル

「それじゃ、お待たせしました」

と、久米早苗が前に出て言った。「今月のお誕生日の人は、五人です。三日が田中隆一君、五日が安西しのぶさん、十六日が多田悟君と、大江弓子ちゃん。二人は同じ日ですね。そして三十日が、大内信代さん。——はい、出て来て下さい！」

ワーッと拍手が起る。

五人が、少し照れたような表情で、前に並んだ。

いや、正確に言うと、四人が並んで、一人は早苗の腕に抱かれていた。

「大江弓子ちゃんは、みんなも知っている通り、まだやっと一歳です。でも、すぐ大きくなって、みんなに追いついちゃうでしょうね」

当のお誕生会の〈お客様〉は、スヤスヤと眠っている。

「せっかく眠ってるから、みんな拍手はそっとね」

と、早苗が言った。「さ、ケーキのロウソクに火をつけて」

手作りのケーキは決して見た目がいいとは言えないが、何とも言えない暖かさが感じられた。

「——聞いた？」

と、美樹が言った。

「何を？」

修はビデオカメラを構えながら、振り向く。

「あの弓子ちゃんって赤ちゃん。——私、ご両親が事故にでも遭ったか、それとも捨て子か何かかと思ってた。でも、早苗さんに訊いたら、そうじゃないんですって」

「それじゃ——」

「両親とも元気なんだって。ただ、ケンカ別れして、どっちも『あんな人の子供なんか育てられない』って言い張って、結局ここへ預けられたんですってよ。信じられない！　愛情って湧《わ》かないものなの？」

修は、早苗の腕の中で心地良げに眠っている赤ん坊を、カメラのレンズを一杯にズームして捉えた。

「可哀そうにな」

「でも、ここで暮してる方が幸せかもしれないわね」

そうだろうか。——早苗が今は抱っこしていてくれるが、それは今だけのことだ。

ここで働く人々は、八十人余りの子供たちみんなの父親、母親なのである。

子供が、「私一人のお母さん」を求めても、ここには見付からないのだ。

修は、その寝顔があどけないほど、自分がなぜここにいるのかを知ったとき、あの子の胸にどんな傷が刻まれるかを想像して、重苦しい気持になった……。

そして、ふと美沙のことを思い出す。——美沙のためにやって来たのに、つい、他の子のことを考えてしまう。

母親として、考えずにいられないのである……。

「それじゃ、明りを一旦消すよ」

ロウソクに火が灯《とも》り、堀が広間の明りを消した。

昼間だから、カーテンを引いても明るいのだが、一応薄暗くなって、気分は出ている。

「じゃ、弓子ちゃんの分も、しっかり四人で火を吹き消すのよ」

と、早苗が言った。「はい、それじゃ——」

「あ、待って下さい」

と、声をかけたのは、あの落合淳子である。「ごめんなさい。せっかくだから、みんながそのケーキの後ろに入るようにして下さいません？　四人がみんなに背中向けることになるけど、絵としてはその方がいいわ。江田君、ケーキの台をもう少し壁から離してくれる？」

いいとも悪いとも言わない内に、どんどん指図していくそのやり方に、修は腹が立った。

「あの女、頭に来るわね」

と、美樹も同じ気持らしく、小声で言った。

「強引だよな」

と、修は肯いた。

それに、修が本当に腹を立てたのは、ただ出しゃばりだからではなかった。ここにいる

子供たちにとって、

「TVに映る」

ということがどんなに大事件か。

だから、何でもつい言われる通りにしてしまうのだ。そして、落合淳子の方も、ちゃんとそれを心得ていて言っているのだということが、腹立たしいのだった。

「じゃ、カメラはここ。——はい、四人はもう少し広がってね。後ろのみんな、もうちょっとまとまって。はみ出しちゃうわ」

修は、美沙が一人、冷やかにその様子を眺めているのに気付いていた。

「はい。そこの女の子！——こっちへ来て、そこら辺りに立ってくれる？」

と、落合淳子が、隅に立った美沙に向って言った。「ね、そこのあなた」

美沙は動こうとしなかった。聞こえない、とでもいう様子で、隅っこに腕組みして立っている。

「——ね、お名前は？」

と、訊かれても答えない。

江田が美沙の所へ大股に歩いていくと、

「君に言ってるんだよ」

と、腕を取って連れて行こうとした。

「触らないで」

と、美沙は江田の手を振り離して、「聞こえてるわよ、ちゃんと」

「じゃ、どうして来ないんだ」

「私の勝手でしょ。あなた、何なのよ」

江田が真赤になった。何か言いかけたとき、

「あの――」

と、早苗が急いで言った。「無理はしないで。――落合さん、一人ぐらい欠けてもいいでしょう」

「そうですが……。じゃ、江田君、いいわよ」

と、淳子が手招きする。

「来いよ」

と、江田が美沙の腕をつかむと、引張って行こうとする。

「やめてよ！　行きたくないんだから！」

「江田君、やめて。お願い」

と、早苗が言った。

意地になって、江田は美沙を引張っていこうとした。美沙も足をふん張って逆らう。

堀が見かねて、

「そういうことは困ります。取材はあくまで自然な様子を撮っていただきたい」

と言った。

修は、ビデオカメラを美樹に渡して、美沙とにらみ合っている江田の方へ大股に歩み寄ると、

「手を離しなさい」

と言った。

「君の知ったことじゃない!」

「いやだっていうのを、無理に引張ってって、不機嫌な顔を撮ってどうするんです? 好きにさせておいてあげなさい」

と、修は言って、江田の手をつかんだ。

「人の親切が分らないのか!」

江田の怒鳴る声で、早苗の腕の中で赤ん坊が泣き出した。

「親切で、赤ん坊を泣かしちゃだめだよ」

と、修が言うと、江田はキッとなって、今にも殴りかかりそうに見えた。

「江田君、やめて!」

と、早苗が言った。

「僕、抱いてますよ」

修が、早苗の腕から赤ん坊を受け取り、

「よいしょ。――眠いんだな、よしよし」

と、軽く揺すると、赤ん坊は泣きやんだ。

「へえ、上手なんだ」

と、美樹が感心してやってくる。

「さあ、泣き止《や》んでる内に、写真を撮りましょう」

修の言葉で、

「そうだ。はい、みんなこっちを向いて」

と、堀が手を打つ。

――修は、江田がＴＶ局に戻りたい一心でこの取材を早苗に頼み込んでいたことを、聞いたのだった。

今の行動も、落合淳子の気に入られようとしてやったことなのだろう。

「じゃ、みなさん、ＴＶカメラの方も見て下さいね」

落合淳子はパッと割り切って、明るい口調で言った。

やはりプロである。江田が一人、じっと修の方をにらみつけているのとは対照的だった。

「じゃ、一、二の三、で火を消してね。――はい、いくよ！」

堀がカメラを構える。

「この子も入らないと」

修が抱っこしたまま、赤ん坊もケーキのそばに加わる。

美樹も駆けて来て、ちゃっかりそばに寄った。

そして——修は、ふと視線をあのプロ用のTVカメラへ向けた。

こっちを撮っていない。——おかしい。

修は、カメラが、ケーキを吹き消す四人と、その後ろの子供たちの頭上を越えて、隅につまらなそうな顔で立っている美沙へと向いているのに気付いた。

美沙を撮ってる。——なぜ？

修は、一斉にロウソクの火が吹き消される、その瞬間もTVカメラが美沙を捉えているのに気付いた。

そして、そのとき思い出したのである。——落合淳子。

美沙を「止めなかった」ことでTV局を辞めさせられたアナウンサーである。

ロウソクの火が一斉に吹き消された。

拍手が起き、明りがつくと、

「さ、それじゃ食べよう！　みんな、お行儀良く食べるんだぞ」

と、堀が言った。

ワーッと子供たちがお寿司やから揚げに飛びつく。

「——ありがとう、佐伯さん」

と、早苗がやって来て、「弓子ちゃん、私が。何か食べて。美樹さんも」

「早苗さん」

と、修は言った。「この子——オムツを換えた方がいいみたいですよ」

「あら、そう？　見てみるわ」

「抱いていきますよ。どこか——」

「じゃ、お隣に」

修は、赤ん坊を抱いたまま、広間を出ると、畳の部屋へ入った。

「ここへ寝かせて。オムツ換えるわ」

と、早苗が新しいオムツを出してくる。

「かして下さい」

「え？」

「僕、やります」

修は、赤ん坊を寝かせると、手際良くオムツを換えてやった。

「やっぱり濡れてた。——さ、これでよく寝られるかな」

「——へえ」

と、いつの間にやら覗いていた美樹が目を丸くして、「修さん、いつの間に子持ちになったの？」

「おい、美樹ちゃん……」

と、修は苦笑したが、「――それより、ＴＶ局の人、そばにいないか？」

「うん、どうして？」

「――さ、これでいい」

修は赤ん坊を早苗に渡すと、「早苗さん、あの女性レポーターの目当ては、この施設じゃありませんよ」

「え？」

「あの子――柳原美沙ちゃんです」

「どういうこと？」

修は、美沙の両親が殺されたときのことを説明した。

「――驚いた！　そんなことがあったの？」

美樹が畳に座り込んで、「どうして修さんがそんなことを知ってるの？」

「あの事件のとき、僕は現場のすぐそばで事故に遭ったんだ」

と、修は言った。「あの日は、パトカーと救急車があの辺に溢《あふ》れて大騒ぎだった、って……。後で聞いて、興味を持ったんで、調べてみたんだよ」

そうとでも言うしかない。

「じゃ、美沙ちゃんのことを取材しに？」

「そうとしか思えませんよ。そう言えば取材を拒否されるでしょう」

「もちろんだわ！　あの子は心にひどい傷を負ってるのよ。その傷をまた開こうっていうのかしら」

「きっと、ビデオに撮るだけじゃ帰りませんよ。美沙ちゃんにインタビューしようとするでしょう」

「どうしよう……。私が江田君の頼みを聞いたばっかりに――」

「あの人はきっと知らないんですよ」

と、修は言った。

「そうかしら」

早苗が赤ん坊を抱いて立ち上る。

すると、廊下を落合淳子と江田がやって来て、

「あ、良かった。ここだったのね」

と、淳子が言った。「さっきは失礼しました。つい、仕事に夢中になったのよ。勘弁してあげて下さいね」

いかにも愛想良く、スラスラと言葉が出てくるのに修は感心した。むろん、それは「呆れた」に近い感心の仕方だった。

早苗が口を開こうとすると、

「それで、一つお願いがあるんですの」

と、間を置かずに続ける。「何人かの子を選んで、一人ずつインタビューしたいんです。やっぱり直接、生の声を録《と》っていかないと、私たちの印象は今日一日だけのものですものね。見当違いってこともあると思うんです」

「構わないよね」

と、江田が言った。「ここの正しい姿を伝えるのが目的なんだから」

押し付けるような言い方。早苗はすぐには返事をしなかった。

江田の目は修の方をにらんでいる。

また余計な口出ししたら、ただじゃおかないぞ、という目つきである。

「どの子にインタビューなさりたいんですか？」

と、早苗は訊いた。

「何人か選んであるの。私、子供と仲よしになるのは早いんですよ」

落合淳子はニコニコ笑っている。その笑顔が、何とも寒々としたものに、早苗には思えた。

「そうそう。さっきの女の子にも、ぜひインタビューしたいわ。失礼なことをしてお詫びもしたいし、何でも好きなことをしゃべってもらっていいんですから」

「でも――」

と、早苗が言いかけると、遮《さえぎ》るように修が、

「今、せっかくみんなおいしいものを食べてるんだし、その食べるのがすんでからでいいんじゃありませんか」

　と言った。

「ええ、それはもう……。よろしいかしら」

早苗は、修が口にしたことに少しびっくりした様子だった。

「分りました」

と、早苗は言った。「でも本人の気持次第です。いやだと言ったら、やめて下さいね」

「ええ、それはもちろん！　じゃ、みんなのアトラクションの大活躍を撮っていますわ」

落合淳子は肯いて、広間へと戻って行った。

「江田君――」

と、早苗が言いかけると、

「ね、いいんだろ？　絶対にここにとってもマイナスにならないよ」

「ええ……。そうね」

早苗は赤ん坊を抱き直して、「この子を少し寝かしつけてるわ。後でね」

「うん。――絶対にいい番組になるよ」

と、江田は言って、広間へと大股に歩いて行く。

「――江田君まであのレポーターに似てきたわ。押し付けがましい言い方して」

と、早苗はため息をついた。「美沙ちゃんは、頑固《がんこ》だもの、承知するわけないわ」

「でも、腹が立つ」

と、美樹が腕組みして、「ちゃんと筋を通して申し込むべきよ」

「それは私がいけなかったんだわ」

「ほら、そうやってしょげてると、赤ちゃんが泣いちゃいますよ。母親の気分に敏感なんだから」

と、つい言ってしまって、修は、「ごめんなさい。別に母親ってわけじゃないのに」

「いいえ」

と、早苗は微笑んだ。「私たちが母親にならなかったら、この子の母親はいなくなってしまうわ」

「でも、向うも断られることは予期してるでしょう。強引にでも、あの子に何か言わせようとするだろうな」

修は少し考えていたが、「――ね、美樹ちゃん、力を貸してくれないか」

「いいわよ。何するの？　酔って暴れる？」

「そんなことじゃないよ」

と、修は思わず笑いながら言った……。

12 散歩

「はい、どうもありがとう」

と、ニッコリ笑って見せて、落合淳子はそっと額の汗を拭った。

「そろそろ本命に行きましょうよ」

と、カメラマンもうんざりした表情で言った。

「そうね。もう充分でしょ」

淳子は、広間を見回した。

子供たちのインタビューを五人分も撮った。

それは初めから使うはずのないビデオである。——さすがに、淳子も、カメラの前で恥ずかしそうに、しかし嬉しそうにしている子供たちを見ていると胸が痛んだ。

でも、全く使わないとも限らない。——そうだ。使うかどうか決めるのは自分ではない。

淳子は、そうやって自分を納得させた……。

「——柳原美沙は？」

と、淳子は広間の子供たちを眺め回したが、美沙の姿が見えない。

「江田君、どこへ行ったの？」

江田に、あの子のことを見ているように言っておいたのだ。しかし、さっきのことがあるので、話しかけたりするな、と注意しておいた。

だが、その江田も見当らない。

久米早苗は、小さい子供たちに囲まれて一緒に遊んでいる。さすがに淳子も、それを邪魔してまで、美沙のことを訊く気になれなかった。

淳子が廊下へ出ると、ちょうど江田がやって来るところで、

「江田君！　どこにいたの？　あの子、どこにいるの？」

「いつの間にか見えなくなったんで、僕もあわてて探してたんです」

と、江田は言った。「今、自分のベッドで寝てます」

「寝てる？」

「服のままですから、横になってるだけでしょ」

それなら却っていいチャンスかもしれない。

早苗や、他の職員も今は広間にいて、手一杯だ。

「じゃ、ちょうどいいわ。その部屋で取材しちゃいましょう」

「僕、話をしましょうか、先に？」

と、江田が言い出したので、

「いえ、私がやるわ」

と、淳子は急いで言った。「女は女同士の方がいいわ。特に寝てるところへ男の人に来られてもね」

「分りました。でも、何だかひねた女の子ですよね」

江田は、まださっきのことで腹を立てているらしい。

淳子が美沙を目当てに取材に来ているのだということを、知られたくない。

「江田君、廊下にいて。誰か来るようだったら、すぐ知らせて」

「分りました。僕が引き止めますよ」

江田は張り切っている。

「それじゃ、お願いね」

淳子は、江田の肩をポンと叩いた。

同じ「騙《だま》した相手」でも、江田にはさっぱり同情する気も、後ろめたさも感じない。

三十近くにもなって、騙される方が悪い。世の中、そう甘くはないものと知るべきだ。

「――この部屋ね」

ドアのわきに、〈柳原美沙〉と名札がかかり、〈班長〉という印がついている。他に五人の名札。つまり、六人で一部屋に暮しているということだ。

十七歳で、六人部屋というのは辛いだろう、と淳子は一瞬思った。

そっとドアを開けると、細長い部屋の両側に三段のベッドが一組ずつ。奥の窓の手前に勉強机が左右二つずつ置かれている。

右の三段ベッドの上の段に、少し盛り上った毛布が覗いている。

淳子は、カメラマンに肯いて見せた。

カメラが室内の淳子を撮っていく。

「――美沙さん」

と、淳子は呼びかけた。「起きてるんでしょ？　ほんの何分かでいいから、お話を聞かせて」

反応はなかった。

上の段では、下から撮っても何だか分らない。

「――ね、お願い。あなたがとても辛い思いをして来たってこと、私はよく知ってるのよ。今のあなたの気持、素直に何でも話してほしいの。ね？」

淳子は、勉強机の前の椅子《いす》を指さした。カメラマンの助手が急いでそれを持って来る。

それに上って撮れ、と手ぶりで指示すると、

「――ごめんなさい。上るわよ」

と、淳子はマイクを持ったまま、小さなはしごを上って行った。

美沙は、毛布をかぶって背中を向けて寝ている。

「起きてるんでしょ、美沙さん」

と、淳子は言った。

カメラが回る。――このままでは、背中だけ映して帰ることになる。

淳子は決心した。

「私ね、あなたと前に会ったことがあるのよ」

と、淳子は言った。「六年前。――あなたのご両親が――殺されたとき。憶えてるでしょ？　学校のバスに、外から呼びかけたのは私。分る？」

美沙は何の反応も見せなかった。

「あなたが、家へ駆けて行ったとき、追いかけて行ったのも私よ。――ね、思い出したでしょ？　お願い。六年たった今、あのときのことをどう思ってるか、聞かせてほしいの。ね、美沙さん」

マイクを持っていない左手を伸して、美沙の肩をつかむと、「何か言って。――ね？」

と、軽く揺さぶる。

すると、美沙がおもむろに寝返りを打って、

「――何かご用？」

「あなた……」

淳子は、目をみはった。——美沙ではない！

「あなた、何してるの？　ここは美沙さんのベッドでしょ」

「あなたに文句言われる覚えないな」

と、少女は笑って、「無断で部屋へ入って来て、勝手にベッド覗いて、それが取材？」

「大きなお世話よ！」

と、淳子はカッとなって言い返した。「柳原美沙はどこにいるの？」

「さあ、今ごろどこかしら」

と、少女は欠伸をして、「散歩に行って、しばらく戻らないわ」

淳子は青ざめた。

「冗談じゃないわ！　こっちは仕事で来てるの！　子供の遊びに付合ってるヒマはないのよ。あの子はどこなの？」

「知らないってば」

と、少女は肩をすくめて、「その辺、捜してみれば？」

淳子は、はしごを飛び下りて、

「どこか近くにいるんだわ！　見付けてくるから——」

「無理だよ」

と、カメラマンが渋い顔で、「ちゃんと段どりしといてくれなきゃ。そうそう付合ってられないぜ。夕方から仕事入ってるんだからね」

「待って。――ね、少し待ってて」

「あてもなくて、どうやって見付ける？」

「何とか……何とかして……」

淳子は部屋を出ると、びっくりしている江田を押しのけて広間へと急いだ。

久米早苗が、オモチャのマイクを持って五、六歳の女の子と歌っている。

「やめて！」

と、淳子が大声で怒鳴ると、みんながキョトンとして振り向いている。

「何ごとですか？」

「とぼけないで！　知ってたのね」

と、淳子は早苗に詰め寄った。「あの子はどこ？」

「『あの子』って言われても、とんでもなく多くの『あの子』がいるんですよ」

「柳原美沙よ。決ってるでしょ」

「落合さん」

と、早苗は言った。「初めから、美沙ちゃんを取材するつもりでいらしたのね」

「それがいけませんか？　正面から申し込んでも、通るわけがないでしょ。だから――」

「他の子たちの気持は？　少しは考えましたか？」

「どうした」

と、堀がやって来た。

「何でもありません」

と、早苗は言った。「こちらのみなさん、もうお帰りになるんですって」

淳子が口を開きかけたが、早苗はそれを遮って、

「子供たちのことを考えて下さい。せめて、この〈お誕生会〉を台なしにしないで」

淳子は何とか言葉を呑《の》み込むと、

「分りました」

と、息をついて、「でも、柳原美沙さんへの取材は諦めませんよ」

「ともかく、今日はお引き取り下さい。また取材を申し込まれるのなら、前もって園長の許可を取っていただきます」

「分りました」

淳子は、広間を足早に出ると、他のスタッフたちへ、「引き上げましょ」

と言った。

「仕方ないね」

「私は諦めないわよ」

淳子の言い方にカメラマンが笑って、

「怖いな。しかし、そう時間の余裕はないんだろ？」

「ええ……」

淳子は、チラッと廊下の奥へ目をやると、

「戻ってくるわ。きっとあの子、戻ってくる。そう長くは出てないわよ。――私、表で待ってるわ」

「いつ戻るか分らないんだぜ」

「ね、付合ってくれない？　カメラ一台あればいいの。お願い」

と、淳子は必死の思いで言った。「自分で撮れるものなら、やるんだけど」

「無理だよ。それに夕方から仕事が――」

「あなたが頼りよ。お願い！」

淳子が深々と頭を下げると、

「そんなことするなよ。――分った。おい、みんな引き上げてくれ。俺、もう少し粘ってくから」

「ありがとう！　恩に着るわ」

と、淳子は言った。

――広間では、早苗が食べ終った皿を片付けていた。

美樹もベッドから出て来て手伝っている。

「この後、まだ歌とか踊りが続くの」

と、早苗は楽しげに言った。「美樹さん、見て行ってね」

「ええ、もちろん」

美樹が広間を出ると、江田が立っていた。

険しい顔をしている。

早苗が台所へ行こうとするのを、江田は遮って、

「どういうことなんだ？」

と言った。

「お願い。忙しいの。後にして」

空の皿を運ぶ早苗に、

「後にしたら、もう手遅れなんだ」

と、江田は早苗についてくる。

「もう、あんたは手遅れよ」

と、美樹が言った。

「何だと！」

「やめて」

早苗は、江田と正面から向き合って、

「あのTV局の人たちは、ここを取材に来たんじゃないの。あの柳原美沙って子のことを取材に来たのよ。その口実に他の子たちを使ったわ。そんなことが許せる？」

「それがどうしたっていうんだ？」

早苗は、じっと江田を見つめて、

「――あなたは気にならないの？」

「僕がTV局へ戻れるかどうか、この取材にかかってたんだ！　それをあの生意気な女の子一人のために――」

「もう帰って」

「早苗――」

「もう二度と来ないで」

江田は青ざめた。

「そうか。――僕より、あのひねた女の子の方が大事なんだな」

「二度と、電話もして来ないで」

「誰がするもんか！」

江田は、吐き捨てるように言って、大股に歩いて行った。

早苗も青ざめていた。そして、皿を持ち直すと、半ば駆けるように台所へと急いだ。

――美樹は、ついて行かなかった。

早苗が泣いていたのを、見たからである。

「――ねえ」

と、女の子の声がした。

「あ、今日〈お誕生日〉の子ね？」

「うん」

「お名前、何だっけ？」

と、美樹は訊いた。

「安西しのぶ」

「しのぶちゃんか。今月でいくつになるの？」

「十二」

「若くていいわね」

と、美樹は真顔で言った。

「ね、美沙姉ちゃんは？」

「柳原美沙さん？　お散歩よ」

「戻って来るよね」

「さあ……。すぐには戻って来ないかも」

「でも、お約束してるんだもん」

「どんな約束？」

「二人でね、お揃いのドレス着て、歌うの」

安西しのぶは、心配そうに、「ね、戻って来るよね？」

と言った。

美樹にも答えられるわけがなかったのだが……。

13　意志

「どこまで行くの？」

と、美沙が言った。

修は振り返って、

「連中は必死になって君のことを捜してるよ、きっと。できるだけ遠く離れていた方がいい」

と言った。「何なら、バスに乗って、どこかへ出るかい？」

美沙は修を見て、

「それって、デートの誘い？」

と訊いた。

「違うよ！　ただ——」

「どっちでもいいのよ」

と、美沙は息をついて、「ただ、あんまりどんどん歩いていかれると、ついて行くのが大変」

「そうか。うっかりしてたよ。だけど——若いんだろ。しっかりしろよ」

「若くたって、疲れるときは疲れるのよ」

美沙は、手近なベンチに腰をおろした。

「——お腹が痛い」

「空いてるの？」

「そうじゃなくて、食べてすぐ歩いたからでしょ。大丈夫よ」

「じゃ、少し休もう」

修は、同じベンチに腰をおろして、「ま、どっちへ行ったかも分らないんだから、捜すったって、漠然としてるよな」

美沙は、まだ修にも心を許していない様子で、

「――どうして？」

と、口を開いた。

「何のこと？」

「どうして、私のことにそう構うの？」

「ええ、聞いたけど……。それだけで六年ぶりに？」

「うん。そうなんだ」

「変ってる」

と、美沙はベンチの背に肘をのせて、「物好きっているのよね。あそこの職員さんたちだって。ついこの間結婚してやめていった人がいるけど、ちょっと時間があったら、すぐ〈明世園〉へ来るのよ。よっぽど、面白い話でもあるのならともかく、ちっとも変んない顔があるだけなのにね」

「しかし――親が我が子の面倒をみたくなるのは当然じゃないか」

「そうかな……」

美沙は、ぼんやりと遠くを見る目つきになる。

美沙……。

二人きりだ。今、我が子と二人だけでいる。

抱きしめてやりたかった。この腕の中で。そして、「私はお母さんよ」と言ってやりたかったが……。

だめだ。——そんなことを、どうして美沙が信じてくれるだろう。

万が一、信じてくれたとしても、

「六年間、どうして放っておいたの」

と訊かれて答えられるか。

美沙……。私の美沙。

胸の苦しさは、言いようもなかった。

「——あ、いけない！」

と、美沙は言った。「私、戻んなきゃ」

「まだ早いよ。まだきっと君のことを捜してる」

「約束があったの。忘れてた」

「約束？」

「しのぶちゃんと歌うことになってた。そのために、ドレスまで飾りをつけて作ったのに——」

「しのぶちゃんって……」

「今日〈お誕生日〉の子。安西しのぶっていって、十二歳だけど、確か。でも、地獄を通って来てるわ」

「地獄？」

「いいの。どうせ普通の人には分らないわよ」

と、美沙は言って立ち上った。

「待って。ね、待ってくれ。せめてあそこへ電話を入れてから……」

「もし、まだいたとしても、行かなきゃならないんだから同じ」

確かに、美沙の言うことは分る。

「もう、帰っていいのよ。さよなら。ともかく、連れ出してくれたことにはお礼を言うわ」

大人びた口のきき方。

だが、美沙にしても、一日でこうなったわけではない。

「――何よ」

と、美沙は言った。

「え？」

「気持悪い目つきで見ないで」

「いや……。そんな、変な目だったかい？」

「うん」

「それじゃ謝るよ。ごめん」

と、修は言った。「ともかく、君がどうしてもあそこへ戻るというのなら、僕も行く」

「好きなようにして。私も好きなようにするから」

と、美沙は足早に歩き出した。

修は、ちょっとの間ため息をついて、その後ろ姿を見ていたが、気を取り直して後を追った。

「ね、しのぶちゃん。お姉ちゃんと一緒に歌おう」

と、美樹は言った。「お姉ちゃんだって、歌、上手なんだぞ」

——美沙と二人で歌うことになっていた、安西しのぶは、美樹の言葉にもただ黙って首を振るだけだった。

「——美樹さん、ありがとう」

と、早苗が声をかける。「こっちへ。——いいの」

「でも……」

自分の部屋に、一人で入ってしまっている少女を残して、美樹は廊下に出た。

「ごめんなさい、迷惑かけて」

と、早苗は言った。「しのぶちゃんは、美沙ちゃんとしか仲良くできないの」

「私じゃだめか」

「他の誰でもだめなの。――きっと、二人とも、傷を負った者同士、分り合えるものがあるんでしょうね」

と、早苗は言った。「ともかく、すべて私の責任。しのぶちゃんは、ここへ来て何年も口をきかなかったの。やっと、美沙ちゃんのおかげで、最近は一緒に笑ったりするようになったのに……。また逆戻りしたら、どうしよう」

「あんまり自分を責めないで。あなたが悪いんじゃないわ」

「ありがとう。でも――」

「色んな子供がいるのね。ここへ来なかったら、私、何も知らずにいたわ」

――〈お誕生会〉は、終りに近付いている。

美樹は、広間から聞こえてくるにぎやかな歌と笑い声に、いくらか慰められたような気がした。

「――私がもう一回話してみるわ」

と、美樹が言った。「せめて、あの広間へ連れて行けたら……」

そのとき、玄関の方から、

「間に合った！」

と、大きな声がして、美沙が上って来た。

「まあ！　どうしたの？」

「しのぶちゃんは？」

と、美沙が息を弾ませる。

「お部屋に入って、出て来ないの」

「任せて」

美沙はフーッと息をつき、「走っちゃった！　まだ〈お誕生会〉、終らせないでね」

「ええ、大丈夫！」

早苗はホッと笑顔になる。

「あの……修さんは？」

と、美樹が訊くと、

「あ、そうだ。行ってあげて。表で、あのレポーターとやり合ってる」

「まだいたの？　ふざけてる！」

美樹は、大急ぎで玄関へと駆け出していった。

美沙は、そっとドアを開け、

「しのぶ……。しのぶちゃん」

と、声をかけた。

一方、美樹は玄関から表に出たが、修の姿が見えない。

「──どこだろ？」

と、左右を見回していると、ＴＶ局の車が離れた所で停っている。

美樹はそっちへと歩いて行った。

すると、局のワゴン車のドアがガラッと開いて、中から修が出てくる。

「──やあ、あの子、間に合った？」

「今、美沙さんが話を……。でも、あの車の中で何してるの？」

「いや、ちょっと『話し合い』をね」

車からあのレポーター、落合淳子が現われると、

「とんでもないことしてくれたわね！」

と、怒鳴って、「カメラをどうしてくれるの！」

「修さん──」

「いいんだ」

と、修は言って、「さ、〈お誕生会〉はまだやってるんだろ？」

「でも……」

中へ入ろうとする二人へ、落合淳子が追いついて来て、

「警察を呼ぶわよ！」

と、言い立てた。「高いカメラを壊して！　弁償させてやるから！」

だが、修は少しも興奮する様子を見せず、

「そんなことして、自分の首を絞めるようなものでしょ」

と言った。「あなたたちが強引に取材しようとしたことが分ったら、他の局で喜んでそのことを取り上げるでしょうね。特にあなたが六年前何をしたか、他の局でも憶えてるでしょうから」

淳子は言葉を失って、ただ修をにらんでいる。修は真直ぐに淳子へ向って、

「カメラ代を要求するのなら、どうぞ。プロ用のカメラなら、何百万もするんでしょうが、借金してでも払います。でも、あなた方が同じことをするのなら、あと何台でもカメラを壊しますよ」

――落合淳子は、修の言葉を黙って聞いていたが、なぜか急に怒りの色は消えて、

「分ったわ」

と、息をついた。「きっと――弁償しろとは局の方でも言わないでしょう。言うのなら私に言うと思うわ」

「それは筋が通らないでしょう」

「筋なんて」

と、淳子は笑った。「どこに筋の通った話があるの？　筋を通して出世した人間がいる？

――いいのよ」

淳子は、ワゴン車の方へ目をやって、

「私の所へ、二度と仕事が来なくなるっていうだけ。そして、ここから抗議が来れば、『取材に当ったのは、わが社の社員ではないので、社としての責任は負えない』と言って、すませるのよ」

淳子は、手にしたマイクを見て、「あなたはあの子を愛してるの？」

修はすぐには答えなかった。美樹が自分を見つめているのも知っていた。

「私はね、あの子のために一生を狂わせてしまったのよ。もちろん、あの子だって同じだったかもしれない。でも、私だってそうだったのよ。あのとき、あの子を止めなかったと言って、人は私のことを責めたけど、私は反論しなかった。そう言われても仕方ないとも思ったし……。でも、私はどうなるの？　私は——」

言うべきでないことを言ってしまった後の、後味の悪さが、沈黙となって淀《よど》んだ。

「——もう行くよ」

と、カメラマンが声をかけて来た。「仕事があるんだ」

「ええ。——ええ。行くわ」

と、淳子が我に返ったように、「ごめんなさい、カメラを——」

「ともかく、上へ話してくれよ、ちゃんと」

カメラマンは、大股にやって来ると、「そのマイク」

「え？」

「マイク、局のだろ」

「……。ええ、そうよ」

「持ってくよ」

と、カメラマンは淳子の手からマイクを取り上げて、「それじゃ」

「待って！　私も――」

「局へ行って何か用があるの？」

そう訊かれると、淳子は青ざめて、絶句してしまった。

置いていかれるとは、思ってもいなかったのだろう。

「――待って下さい」

と、修はカメラマンに声をかけた。「この人と一緒に来たんでしょう。どうして乗せて帰らないんですか」

カメラマンは振り向くと、いきなり拳《こぶし》を固めて、修を殴った。不意を食らって、よける間もなく、修は顎《あご》を一撃されて、尻もちをついた。

「何するのよ！」

と、美樹が頭に来て、食ってかかろうとする。

「よせ！」

と、起き上った修が言った。

「でも――」

「いいから、放っとけ」

カメラマンはさっさとワゴン車へ戻って行き、車はすぐに走り去った。

落合淳子を乗せないままである。

「――大丈夫？」

「うん……。ちょっと唇《くちびる》を切っただけだ」

と、修は立ち上ると、落合淳子の後ろ姿を見送って、「――寂しいな」

と言った。

「自分のせいよ」

と、美樹は落合淳子へ聞こえるような大きな声で言った。

淳子が足を止めたが、振り向くでもなく、そのまま歩いて行った。

「血が出てる」

と、美樹がハンカチを出して修の唇を拭う。

「大丈夫……。すぐ治るよ」

修は、もう一度落合淳子の方へ目をやってから、「――さ、〈お誕生会〉を見に行こう」

と、促した。

何だか、広間から急ににぎやかな喝采《かっさい》の声と拍手と、ガンガンとリズムを刻む音楽が聞こえて来た。

廊下に立って、早苗が二人を手招きしている。

「――どうしたんですか？」

と、美樹が訊く。

大きな声を出さないと、その声もかき消されてしまいそうだ。

「しのぶちゃんが……。ほら」

と、早苗が笑顔で指さす。

覗いてみて、修は目を丸くした。

あの、安西しのぶという女の子と、もう一人――よく見ないと美沙だと分らなかった！

二人して、レースのついたアイドル歌手のコスチュームみたいなドレスを着て、踊りながら歌っているのである。

しかも――何とも凄い派手な化粧で、頭には七色のカツラ（といっても手製の毛糸のものだが）をかぶって、飛んだりはねたり、大げさな振りで滅茶苦茶《めちゃくちゃ》な踊りを見せている。

もう、他の子たちは手拍子どころか、お腹を抱えて笑い転げていた。

修は、呆気《あっけ》にとられて、美沙の「変身ぶり」を眺めていたが――。

美沙の方は、ちゃんと修に気が付いていたらしい。途中で、急にマイクを持ち直すと、

「今日の特別ゲスト！」

と、叫ぶと、修の方へ駆けて来た。

「何だよ」

「さ、一緒にやって！」

と、美沙は修の手をつかんで引張った。

「おい！　だめだよ！　危ない――」

強引に引張り出されて、転びそうになりながら、みんなの前に立っていた。

「じゃ、曲の頭から！」

と、美沙が叫んだ。「このお兄ちゃんも一緒だよ！」

ワーッと拍手が起り、呆気にとられている内に、自分の毛糸のカツラを、美沙は外すと、修の頭へのっけてしまった。

曲のリズムに乗って二人の女の子が踊り出す。

「ほら、やって！」

と、美沙にお尻を叩かれて、修は仕方なく見よう見まねで自信なげに動いてみるが、ワンテンポどころか数秒遅れになって大笑いを誘った。

「こんなこと……。お母さん、できないわよ」

と、つい言ってしまったが、幸い音楽が大きすぎて誰にも聞こえない。

しょうがない！――私に似たんじゃないわよね！

修は、思い切って美沙たちとは全然別の、自己流の振りで踊り出した。

笑いが巻き起り、チラッと見ると、美樹が戸口の所でしゃがみ込んでお腹を抱えて笑っているのが目に入った。

――どうにでもなれ！

もう、修はやけになって踊り続けたのだった……。

14　やすらぎ

トントン。

静かな中、ドアをノックする音は、眠っていた修を起すのに充分だった。

トントン。

「――はい」

修は返事をして、それから、「眠ってたんだ……」

と、自分でも初めて気付いた。

もうすっかり暗い。カーテンも開けたままで、修は、ともかくベッドから出ると、明りを点けようとして、

「――いてて」

痛いのは、あのカメラマンに殴られた唇の切れたところだけでなく、腰も、だった。

あの無茶な踊り（ともいえないものだったが）のせいだ！

少し年齢《とし》を考えなさい、と自分に向って言って、苦笑した。

トントン、とまたノックの音がして、

「ちょっと待って」

明りを点けて、カーテンを引いてから、修は、玄関へ出て行った。

ドアを開けると、目の前に立っていたのは、美沙だった。

意外で、思わず、

「どうしたの」

と、言葉が出た。

母親の口調だ。あわてて、

「眠っててね。つい……。入って」

と、スリッパを出した。

「お邪魔します」

美沙は、珍しそうに中を見回しながら上り込んで、「――ずいぶんきれいに片付いてるんだ」

確かに、修は――というより、もちろん美知代が、ということだが――きれい好きで「片付け魔」だった。

「狭いから、片付けないとすぐゴチャゴチャになるんでね」

と、修は言った。「今日は……大変だったね」

美沙は、後ろに手を組んで、何となく目を伏せがちにし、

「無理にあんな所へ引張り出して、ごめんなさい」

と言った。「いやなこと、無理にさせたみたいで……」

「そんなことないさ。みんな喜んでたじゃないか。――紅茶でもいれるよ」

「いいのよ」

「君は、あそこで、子供たちの世話をする方なんだろ？　ここは僕の部屋だ。僕に任せて。座っててくれよ」

と、修は言った。

「眠ってたの？」

「ちょっとウトウトしてね。――でも、大丈夫」

修は、なぜか美沙と二人になっても、あまりドキドキせずにすんでいた。こうして娘と

二人で過すなんて、この日が来るのを、どんなに待っていただろう。

昼間、あのレポーターたちから逃れて出たとき、二人にはなったが、ゆっくり話せる状況でもなかった。

思いがけず、訪ねて来てくれたことは修を喜ばせた。いや、実際は今日の出来事で、修はずいぶん安堵《あんど》していたのだ。

特に、あの安西しのぶという子が〈お誕生会〉で歌えるように、ＴＶ局の人間と出くわすことを承知で、〈明世園〉に戻って行ったこと。

そして、あの「とんでもない」格好で歌ってみんなを大笑いさせたこと……。

「――さ、紅茶」

と、修はティーカップを出して、「僕も飲むよ」

「――怒ってないの？」

と、美沙は言った。

「怒る？　どうして？」

「だって……。私はあのしのぶちゃんが好きだから、ああして恥ずかしいのを我慢してやったけど、あなたは関係ないじゃない」

「そんなことないさ。ああして見学させてもらったんだから、何か協力できれば……。あの子も喜んでたじゃないか」

「練習したんだもの。それをむだにさせるのは可哀そうだよね」

――修は、美沙が自分と同じように、親のために傷ついた子供を気づかっていることに、胸を熱くした。

誰が教えたわけでもないのに、「順送り」で、人は後から来る人を大切にしたのだ……。

「だけど――」

と言いかけて美沙が笑い出してしまう。

「何だい？」

「あなたって、本当に大学生？　あのリズム音痴は凄いわ。その年齢で」

これには修も参った。

そして一緒に笑った。

人は、平気で「笑われる立場」に立てるようになれば、大丈夫だ。

「君の笑いは明るいなあ」

と、修が言うと、美沙はちょっとびっくりしたように、

「そう？　そんなこと、初めて言われた」

「初めて？」

「初めて、って……。あの後ね」

「――ああ」

「私にとっては、あの前と後と、全然違う時間なの。違う世界っていうか……。あそこで私は一回死んで、また生れたんだって思ってる」

美沙の言葉は淡々として、修の胸を打った。

「きっと……あの前は私って、にぎやかなくらい明るい子だったんだろうな。よく憶えてないんだけど」

「ご両親のことも、憶えてない？」

美沙は小さく首を振って、

「忘れてるわけじゃないと思うの。でも、思い出せない。思い出そうとすると、あのときのことも一緒に思い出してしまうの」

美沙は、窓の方へ目をやって、「お父さんも――特にお母さんは、ひどかった。人間って、あんなに……」

「もういいよ」

修が思わず美沙の肩に手をかけると、

「――もたれてもいい？」

と、修を見る目が涙で光っている。

「うん……」

美沙。――美沙。

こうして美沙を抱ける。夢のようだ。夢なら、いつまでも覚めないで下さい！

美沙は、修の胸に顔をすり寄せて、目を閉じた。――美沙の暖かさ、柔らかさが伝わって来て、修の目にも涙が溢れて来た。

いけない、いけない……。ここで泣いたら妙なものだ。

ああ、と吐き出す息と共に言って、美沙はすがりつくように修を抱いた。

「――何だか」

「うん？」

「怒らないでね」

「怒らないよ」

「お父さんに甘えてるみたいだ」

――お父さん？　お母さんじゃないのね。

少々すねたりしたが、考えてみれば当然である。

「ねえ。いつもあんなことしてるんじゃないよ」

言っていることはすぐ分った。

「今日の衣裳《いしょう》のため？」

「そう。何しろ、自分のおこづかいって、ほとんどないんだから。――ああいう、お金で女の子を買おうとしてる奴なんか、ふんだくっていいと思ったの」

修はちょっと笑って、

「分らないことはないね」

と言った。「でも、中には危ない男だっている。あんなことしちゃだめだ」

「うん……。分ってる。男なんて、興味ないもん」

「そう言われるのも、何だか寂しいね」

「そう？　でも――こうしてても、ちっとも危ない感じがしない」

美沙は目をつぶった。「本当に……。お父さんの膝って、こんな風だったのかな……」

「どうかな」

――修は、しばらく、膝に頭をのせて目を閉じている美沙を見下ろしていたが、ふと、

「そうだ。ここに来てること、ちゃんと分ってるのかい、〈明世園〉の方に」

美沙は返事をしない。修は少し頭を下げて、

「おい……。美沙ちゃん。美沙……」

深い寝息が聞こえて来た。

重かったが、修はこのまま丸一日でも寝かせておきたかった。

そっと指先で、美沙の顔にかかる髪の毛を払う。――美沙は安心しきって、眠っているようだった。

「美沙……。お母さんよ」

と、囁いてみる。

男のなりで、男の声でこんなことを言ったら、おかしなものかもしれない。でも、言ってみたかった。たとえ聞こえないとしても、それはそれで良かった……。

「美沙……。美沙。——会いたかった……」

我が子を胸の中へしまい込もうとするように、抱き寄せる。

涙が溢れて落ちた。それが美沙に当って目覚めさせないように、修は急いでわきを向いて涙を拭ったのだった。

そのとき、ドアを叩く音がした。

ハッとして、耳をそばだてる。

「ごめんなさい。久米早苗です。——佐伯さん、いますか」

小声で呼びかけてくる。

鍵がかけてある。修は、

「はい、少し……待って」

と、用心しながら美沙の頭をそっと膝から座布団《ざぶとん》の上におろす。

目を覚ますかと心配したが、美沙は少し頭を動かしただけで、大丈夫だった。

修は、急いで涙を拭くと、玄関へ出た。

「——ごめんなさい、突然」

と、早苗は言った。「美沙ちゃん、来なかったかしら」

しっ、と指を唇に当てて、修はわきへよけて眠り込んでいる美沙を見せた。

「良かった！」

と、早苗は胸をなで下ろした。

「連絡しようかと気になってたところです」

「じゃ、ちょっと〈明世園〉に連絡しておきます。——いいです。起してしまうかもしれないから」

早苗は、自分の携帯電話を出し、一旦廊下へ出てかけていたが、また中を覗いて、

「上っても……？」

「もちろん。どうぞ」

「——よく眠ってる」

「ええ。本当に」

「こんな寝顔、見たことないわ」

と、早苗はまじまじと見つめて、「あなたのことを、本当に信じてるのね」

「今夜、泊めてもいいですか？」

早苗は修を見て、

「構わないんですか？」

「僕はちっとも……。でも、あなたの方でうるさいようでしたら……」

「いいえ。今さら――。なんて言ったら失礼ね」

と、早苗は笑った。「居場所も分ったし、大丈夫です。よければ、目が覚めるまで、そっとしておいてやって下さい」

「分りました」

修は、肯いた。「今日のこと……。後で厄介なことになりませんか」

「園長先生と連絡がついて、先に謝ってしまいましたわ」

「それはいい。それが一番です」

「あなたには……すっかりご迷惑をかけて」

「そんなことありません。唇の切れたところも、もう平気です」

「でも――」

と、言いかけたとき、早苗の携帯電話が鳴り出した。

早苗はちょっとためらったが、美沙の方へ背中を向けて、出ることにした。

「――はい」

少し間が空いて、「もしもし？　――江田君？」

返事がない。しかし、きっと江田に違いない、と思った。

「答えて。江田君ね」

「だったら？」

「大丈夫だった？」

「大丈夫なわけがないだろ」

と、江田は怒っている。「君の方は？　表彰でもされたかい」

「江田君——」

「君は僕がＴＶ局へ戻るチャンスを台なしにしたんだ」

早苗は黙っていた。——もう何を言ってもむだだ。

「じゃあ……。せいぜいあの大学生とでも仲良くするさ」

と言って、江田は電話を切ってしまった。

早苗は、急いで携帯電話をしまうと、

「じゃ、もう失礼します」

「早苗さん——」

「美沙ちゃんをよろしく……。何かあれば、いつでも電話して下さい」

そう言うと、早苗は逃げるように出て行ってしまった。

——たぶん、泣いている顔を、見られたくなかったのだろう。

修は、そっと鍵をかけると、美沙のそばに戻って、飽きることなく、その寝顔を眺めていた……。

15 記憶

「落合さん」

と呼ばれて、淳子はハッと腰を浮かした。

「——どうもお待たせして」

と、やって来たのは、淳子の全く知らない若い女性で、「桑田は今忙しくて手が離せないと申しておりますが」

淳子は、さすがにムッとした。

「そちらがお呼びになったんですよ。それで、『手が離せない』ってこと、ないんじゃありません？」

「あら、そうなんですか？」

と、相手は意外そうに、「じゃあ……。でも、桑田は、そんな風には申しておりませんでしたが」

「分りました。帰ります。また電話すると伝えて下さい」

早口に言って、淳子はＴＶ局を出た。

——ふざけてる！

朝早く来いと留守電を入れておいて、会おうともしない。

いやがらせなのだ。桑田らしいやり方だ。

「二度とうちで仕事ができると思うな」

ということなのだ。

局を出て、淳子は足を止めた。

どこへ行こうか？——迷ってみても、仕事があるわけではない。

淳子は、ためらった挙句《あげく》、マンションへ帰ることにした。

忙しく駆け回って、眠る間もないとこぼしていたころが懐《なつか》しい。

帰り道がひどく遠かった。

ゆうべ、ほとんど眠れなかったので、頭がボーッとして、時折めまいがする。取材はどんなに辛くてもいい。当然のことだ。

昨日のように、取材さえできないことが、一番こたえるのだ。

やっとの思いで、マンションに着くと、早くベッドへ潜り込んでしまいたいと、そればかり考えていた。

「——あら」

マンションのロビーの椅子に座って眠っているのは、江田である。

「――江田君。どうしたの？」

と、肩を叩くと、ハッと目を覚まし、

「あ……。お帰りなさい」

「どうしたの？　何か私に用事？」

疲れていたが、ふと淳子の中にこみ上げてくるものがあった。何もかも忘れてしまいたかった。

「あの、ちょっと見ていただきたい物が――」

「上って。――さ、ついて来て」

と、淳子は促した。

「すみません、突然押しかけて」

「いいのよ」

自分の内に渦《うず》巻《ま》く、もやもやとしたもの、苛《いら》立《だ》ちや焦りや腹立たしさや……。そのすべてを吐き出さなくては、どうかなってしまいそうだった。

「――楽にして」

部屋へ入ると、江田は落ちつかない様子で、ソファに浅く腰をおろした。

「何か飲む？　といっても、朝ですものね」

「じゃ……ビールでも」

「お付合いするわ」

グラスを出して、ビールを注ぐ。

「――すみませんでした、役に立たなくて」

「もうその話はやめて」

「ただ、僕――」

「ね、あの保母さん――っていうのかどうか知らないけど、久米早苗さんだっけ？　可愛い人じゃないの。もう長いの？」

「いえ……。もう会いません」

と、江田は固い表情で言った。

「あらあら」

と、淳子は笑って、「困ったわね。昨日のことでケンカ？　そんなこと、いけないわ」

「いえ、僕は……」

「ね、あの人と寝た？」

まさかそんなことを訊かれると思っていなかったらしい。江田はむせ返って咳込《せきこ》んだ。

淳子はふき出して、ビールの泡《あわ》を派手に飛ばしてしまった。

「――もう子供じゃないものね。そういうこともあって当然よね」

と、淳子は言った。「元気、ある?」

「はあ?」

江田はキョトンとしている。

「これから私を抱く元気、ある?」

耳を疑っているらしい江田の表情に、淳子はビールを一気に飲み干してグラスを空にしてしまうと、立ち上り、その場で服を脱いでいった。

江田が、じっと目を見開いて淳子を見つめている。

「——さあ」

と、淳子は手をのばし、「寝室は隣よ」

江田がその手をつかんだ。

カーテンを引いたままの、薄暗い寝室に入ると、二人とももう何も言わなかった。

一時間近く、淳子は江田の重みを受け止めて、夢中で彼を抱き寄せたのだった。


この匂い……。

ミソ汁だ。——朝ご飯、遅れちゃったかな。

美沙は目を開けた。

部屋は、もう明るい。それでも、横になっていた美沙の顔に日が当らないように、カーテンが途中まで引いてある。

どうして一人なんだろう、と思った。

なぜ、いつもの三段ベッドじゃないんだろう？

「——そうだ」

ゆうべ、ここへ来た。佐伯修の部屋。

そこで眠ってしまったのだ。かけてあった毛布をわきへどかすと、服がしわになっていないか、まず見ていた。

色んなことに一度に気が付いた。

修は出かけたらしい。そして、ちゃぶ台に布をかけて、朝食の用意までしてあるようだ。

時計を捜して部屋の中を見回す。七時半？　こんなにゆっくり眠ってしまったんだ、とびっくりする。

ちゃぶ台に手紙があった。

〈おはよう！

ゆっくり眠れたかい？　明世園の久米さんに、君が泊ったことは連絡してあるから心配しなくていいよ。

僕は大学へ行くので、先に出かけます。君を何時に起せばいいのか分らないけど、きっと自分で目を覚ますだろうと思うので、そのままにしておきます。

もし、時間の余裕があったら、用意した朝ご飯を食べていって下さい。

それじゃ、また。　修〉

やさしい筆跡である。

美沙は、一旦〈明世園〉へ帰ってから高校へ出るとして時間を計算した。——大丈夫。間に合う。

美沙は、顔を洗い、やっとすっきりすると、ポットのお湯でお茶をいれた。

朝ご飯って……。座って、布を取ってみてびっくりした。

きちんとおかずも作ってある。焼魚はラップをかけてあった。

急にお腹が空いて来て、グーッと鳴った。

急いで、鍋《なべ》のミソ汁をあたため、ご飯をよそう。

部屋の中を見回して、美沙は何かふしぎな印象にとらえられていた。

もちろん、ここへ来たのは初めてだ。それでいて、部屋の中の様子が、どこかで見たことがあるように思えるのだった。

さあ……。そうゆっくりしてはいられない。

美沙は、熱いミソ汁をお椀《わん》へ入れて、食事を始めた。

ミソ汁を一口飲んだとき、美沙は息をのんだ。

この味……。この味は、あのころ、お母さんが作ってくれたのと同じだ。

でも——そんなことって、あるだろうか？

美沙は夢中でミソ汁を飲んだ。ご飯を食べ、焼魚をつつく。

「もっと上手に食べなさい」

と、母はいつも言っていたものだ。

この味……。そうだ。この味は、お母さんの朝食とそっくりだ。

でも——こんなことって……。

食べながら、美沙は涙がこぼれてくるのを、止められなかった。


淳子は、大きく息をついて、暗い天井を見上げた。

江田は、充分に淳子を満足させたわけではないが、それは要求する方が無理というものだろう。とりあえずのところでは、「役に立った」。

「——落合さん」

「ごめんなさい。びっくりしたでしょ」

と、淳子は言って、伸びをした。「——帰ってもいいわよ。私は少し眠るから」

「あの……」

江田は、少しためらってから、「見てほしいものがあるんです」

「ああ、そうだったわね」

と、笑って、「何を？」

「待って下さい」

江田はベッドを出て、下着を身につけると、寝室を出て、すぐ戻って来た。

「カーテン、開けて」

と、淳子はベッドに起き上った。

部屋が明るくなる。まぶしさに目を細めた。

「――これです」

ベッドの上に江田が置いたのは、写真だった。

一瞬、淳子は逃げ出してしまいそうになった。

それは、美沙と両親が一緒に楽しげに写った一枚の記念写真である。

「これ……どこで？」

「あの施設です。柳原美沙の机から、持って来たんです」

と、江田は言った。

「まあ……」

淳子は、どう考えたものか、すぐには分らず、「わざわざ私のために？　ありがとう。でも、もうあの取材は没だから、これを使うこともないでしょ」

「これだけじゃないんです」

江田は得意げに、古ぼけた紙袋から、ノートを取り出して、「これ、あの子の日記帳なんですよ。三冊あります。それから、手紙。——ね、これ、新聞の切り抜きがゴチャゴチャ詰め込んであるんです」

淳子は呆気に取られていた。

「これを……あの取材のときに持ち出したの？」

「違いますよ。ゆうべ夜中に行って来たんです」

「——夜中に？」

「ええ。だって、あの女の子、頭に来るじゃないですか。こうなったら、いやでも取材に応じるようにしてやろうと思って、夜中にあそこへ入ったんです」

「つまり……忍び込んだの？」

「簡単ですよ。玄関の鍵なんて、ちょっと力を入れたらすぐ外れて。それにね、ゆうべあの女の子、いなかったんです。部屋へ入ってベッドも覗いたけど、空で。他は小さい子ばっかりだから、ガタガタやっても起きやしないし。ゆっくり捜せましたよ」

江田はニヤニヤ笑っている。「これだけの物があれば、資料になるでしょ？　それに、これを返してやるから取材させろ、って言えば、向うだって、いやとは言いませんよ」

江田は得意げだった。何かえものを取って来て、主人の賞め言葉を期待して尻尾《しっぽ》を振っている犬のようだ。

だが——淳子の顔からは血の気がひいていた。

江田は、これを盗んだのだ。〈明世園〉へ泥棒《どろぼう》に入ったのである。当人はそう思っていない。

「——落合さん、ぜひ成功させましょうよ。何なら僕がホームビデオで撮ります。ＴＶ局の連中をアッと言わせてやりましょうよ」

「江田君……」

と言ったきり、淳子は後が続かなかった。

取材のために、施設に忍び込んで、個人の持物を盗み出した！　それが公《おおやけ》になったら……。

盗んだのは江田だ。しかし、あそこへ昼間取材に行って叩き出されたのが誰で、どの局だったか、施設の人たちは知っている。

二度とＴＶの仕事などできるわけがない。いや、下手をすれば刑務所行きである。

淳子は、ともかく何とか知られない内にこれを返せないか、と思った。

「——落合さん、どうしたんですか？」

と、江田がふしぎそうに、「顔色が悪いですよ」

当り前でしょ！　あんたは泥棒なのよ！

叫び出し、ひっぱたいてやりたいのを、何とかこらえた。

「――いいわ。それじゃ、これはどう使うか私が考えるから、預けてちょうだい」

と言う声が少し震えている。

「分りました！　僕、シャワーを浴びて来ます」

江田は得意満面で、「落合さんと一緒に仕事したいなあ！　ね、いいでしょ？」

「ええ。ぜひやりましょうね」

淳子は引きつった笑顔で、答えた。

バスルームに江田が入って行くと、淳子は頭を抱えた。

何とか……何とかして、これを知られずに返せないか。

ノコノコあそこへ持って行って、

「勝手に持ち出して、失礼しました」

では、とてもすむまい。

あの女――久米早苗。

そうだ。久米早苗なら……。

あの女に連絡して、

「江田君が泥棒として捕まるのはいやでしょう？」

と言ってみる。「返したいから、取りに来てくれ」

と――。

そう。それしかない。

もう、盗み出されたことが発覚してしまっていたら、それも難しいが……。

淳子は急いでベッドから出ると服を着た。

写真や日記を紙袋へ戻して、バスルームの方からシャワーの音がしているのを確かめると、急いでバッグを手に部屋を出た。

「とんでもない奴と組んじゃったわ……」

八つ当り気味に口に出して言ったものの、今さら手遅れだ。

淳子の脳裏に、新聞記事の見出しが浮かぶ。〈取材のために侵入〉〈マヒした道徳感覚〉〈フリーの焦りが盗みに走らせた?〉

江田が勝手にやったといっても通じまい。

マスコミは、落合淳子――もう忘れられかけている落ち目のフリーレポーターの犯罪に仕立てるだろう……。

マンションを出て、淳子は少し遠くまで夢中で歩いてくると、息を弾ませて、公衆電話で、〈明世園〉へかけた。

「――もしもし。――〈明世園〉ですか？　久米早苗さんをお願いしたいんですけど」

だが、今出かけているという返事だ。

「――そうですか。――いえ、結構です！　はい、どうも」

電話を切る。

今の様子では、まだ柳原美沙の私物が盗まれたことは知られていないかもしれない、と淳子は思った。

それならまだ希望はある。

淳子は、久米早苗の携帯電話の番号を聞いておかなかったことを悔んだ。江田は知っているはずだが、今さら戻るわけにいかない。

ともかく、久米早苗の帰りはそう遅くならないという。〈明世園〉まで行ってみよう。

淳子は、タクシーを停めると、〈明世園〉へ向った。

江田は、ゆっくりとシャワーを浴び、少しのぼせて出て来た。

「――落合さん。すみません、のんびり入ってて。――落合さん？」

服を着て、江田はリビングを覗いた。

そう広いわけではないので、落合淳子がいないことはすぐに分った。

玄関に靴がない。――出かけた？　でも、一言ぐらい言って行っても良さそうなもんだけど……。

スッキリしない気分で、江田は寝室へ戻った。

まさか、あの女とこういうことになろうとは思わなかったが、でも、早苗とのいざこざで苛立っていた江田には、いい気晴らしではあった。

そして――江田は気付いた。

自分が持って来た、柳原美沙の写真や日記などがすっかりなくなっている！

江田はベッドの周りや、リビングの引出しなどを捜してみたが、そんなことをするまでもなく、分っていた。淳子が持って出たのだ。

江田は、日記や新聞の切抜きを読んで、何があったのか、頭に入っていた。

落合淳子が、それで仕事を失ったのだということも。

「そうか……」

落合淳子は、江田が持って来た資料を、一人占めにして、ＴＶ局へ売り込もうとしている。

それしか考えられない。――僕を除《の》け者にしようとしてるんだ！

でなければ、江田がシャワーを浴びている間に、こそこそ出て行ったりするものか。

江田の中に怒りがこみ上げて来た。

早苗も、落合淳子も、僕のことを裏切ったのだ。

江田は、しばらく考え込んでいた。

そしてリビングに行くと、落合淳子のものらしい八ミリビデオカメラを見付けた。バッテリーも半分くらい残っている。

パッケージのままのテープを見付けて、封を切り、カメラにセットした。

これで充分だ。——見てろ。

江田は、ビデオカメラを手に、落合淳子のマンションを飛び出した。

16　過去へ

「美樹ちゃん」

と呼んだのは、同じゼミの女の子で、美樹は昼食の食券を買おうとして並んでいるところだった。

「どうしたの？」

「見付けた！　——捜してたのよ」

「私、忘れ物でもしてたかな」

「違うわよ！　佐伯さん、どこにいるか知ってるでしょ？」

「今はどこかなあ。——でも、昼にはここへ来るはずよ」

「じゃ、ここで待ってればいいのね」

「佐伯さんとデートの約束？」

と、美樹が訊くと、

「私だって、命は惜しいもん」

「何よ、それ」

「美樹ちゃんに殺される！　――ね、あの女の子が佐伯さんを捜してるの」

美樹は、少し離れて立っている柳原美沙を見てびっくりした。

「――美沙さんじゃない！　どうしたの？」

と、食券を買う列から離れて、「修さんに会いに？」

美沙は黙って肯いた。

「――そう。昨日は……楽しかったわね」

と言ってみたが、美沙は何か思い詰めた表情のまま。

「何だ、美樹ちゃん、知ってるの、この子？」

「うん。ありがとう。――ね、修さん、そろそろ来ると思うけど、ここで待ってる？　それとも中へ入って何か食べる？」

「ここにいます」

と、美沙は言った。

「そう」

美樹は、美沙の厳しい表情が気になった。

——何があったのだろう？

「美沙さん、学校は？」

「行きません」

と、美沙は言った。「今は——どうしても修さんに会いたいんです」

美樹は、不安になった。美沙の思い詰めた様子はただごとではない。

「何があったの？　——ね、話して」

と、美樹は言った。

しかし、美沙はただ黙って首を振るだけだった。

「——どうしたんだ？」

と、声がして、修が美樹の後ろからやって来た。

美樹が振り向くと、修の目にも美沙が見えて、

「美沙ちゃん……。どうしてここへ？」

美沙は、じっと修を見つめていた。美樹のことなど忘れてしまっているようだった。

「私……朝ご飯を食べたわ」

と、美沙は言った。

修は、その言葉にホッと頬を染め、

「そう……。おいしかった？」

「どうして……。私、思い出したんです。お母さんが生きてたときの朝食を」

美樹は、傍の通りで、二人のやりとりを見ていた。

朝ご飯？　――では、美沙は修のアパートに泊ったのか。

疑いたくはなかったが、少なからずショックだったのは確かだ。

「話しても、信じてくれないだろう」

と、修は言った。「ね、それより、学校を休むって、連絡したの？」

「いいえ……。忘れてました」

「じゃ、ともかく連絡しないと。昨日のこともあるし、学校で心配しているかもしれないよ」

「はい」

修が美沙を促して行きかける。

美樹は思わずその後からついて行った。

久米早苗は、外出から戻って、すぐに仕事にかかった。

昨日の〈お誕生会〉のために、本来の仕事がずいぶん遅れている。

今日、午後には園長が戻るので、そうなると、昨日の事情を説明しなければならなくなる。

少しでも、それまでに仕事を片付けておきたかった。

「――早苗さん、お電話」

と呼ばれて、よほど「後でかけると言って」と返事しかけたが、思い直して、駆けて行った。

「――もしもし、お待たせしました」

と、出ると、

「やあ」

江田の声だ。――一瞬、足がすくんだ。

「あの……何でしょうか。今、忙しいので――」

「何も知らないんだな」

「え？」

「柳原美沙の机の中を覗いてみろよ」

「何のこと？」

「あの子がしまってた写真や日記、全部持ち出させてもらったからな」

「――何ですって？」

「返してほしければ、取材に応じるように言うんだ。分ったかい?」

「江田君……。あなたがやったの?」

「当り前じゃないか。そっちが僕のことを裏切るからだ」

早苗は絶句した。

「よく聞けよ。あの子は今学校だろ。すぐ連絡して、元の家まで来いと伝えるんだ」

「元の家?」

「事件のあった家さ。ちゃんと知ってるんだ。そこで待ってるからね。すぐ連絡するんだ」

「そんなことができると思ってるの? あの子がそこでどんな経験をしたか――」

「だからこそじゃないか! それが取材ってもんだよ。いいね、すぐ伝えてくれよ」

「江田君! ――もしもし」

電話は切れていた。

急いで、美沙のいる部屋へ行くと、机の引出しを開けてみる。

確かに、いつも美沙が見ていた両親との写真もない。

「――早苗さん。佐伯さんからお電話が」

と呼ばれて、早苗は弾《はじ》かれたように立ち上った。

急いで駆けていくと、電話に出て、

「もしもし！」

「あ、——佐伯です」

修が、早苗の声にびっくりした様子で、「どうしたんですか？」

「今、江田君から電話で——」

「江田？　何だというんです？」

早苗の話に、修は愕然としているようだったが、

「——あの家に来い、と言ってるんですね？」

「そうなんです。とんでもないことになって……」

「あなたのせいじゃありませんよ」

と、修は言った。「今、美沙ちゃんもここにいるんです」

「え？」

「これからすぐ行きます。心配しないで下さい」

「でも——」

「美沙ちゃんの大事な物を取り戻さなくては。美沙ちゃんの学校へ、連絡して下さい。それじゃ」

「あの、佐伯さん——」

早苗が、電話を切って呆然と立ち尽くす。

——何ということになってしまったのだろう。江田のために、よかれと思ってしたことが、こんな事件をひき起してしまうとは。

「早苗ちゃん、どうしたんだ？」

と、堀が心配そうにやってくる。

「私——すみません。出かけて来ます。美沙ちゃんが、とんでもないことになるかもしれないんです」

「何だって？　出かけるのはいいけど、君一人で大丈夫か」

「私のせいなんです！」

早苗はそう叫ぶように言って、急いで出かける仕度をした。

「——堀さん、園長さんが戻られたら、帰ってからご説明しますから、と申し上げて下さい」

と言っておいて、〈明世園〉から駆け出すように道へ出ると——。

目の前で、ハッと息を呑んで、立ちすくんだのは、落合淳子だった。

「あなたにお会いしたくて——」

と、淳子はためらいながら、「申しわけないことをしてしまったんです」

渡された紙袋を開けて、早苗は唖然《あぜん》とした。

「江田君が盗み出したんです、ゆうべ。——私がやらせたわけじゃありません！　何も知らなかったんです」

「でも、これを……返してやるから、美沙さんを取材させろと……」

「言って来たんですか？　江田君が？」

「ええ。あの家――ご両親の殺された家まで来いと言って」

淳子は、あの記憶がよみがえって、一瞬青ざめた。

しかし、放ってはおけない。江田を止めることができるのは自分だけだろう。

「取材といっても、あの人では局のスタッフは使えないはずです」

と、淳子は言った。「私も行きます！　美沙さんは？」

「佐伯さんと一緒です。でも――あの家には行きたくないと思いますけど」

「じゃ、急いで行きましょう」

「ええ。――江田君も、あんな人じゃなかったのに……」

二人は急いで歩き出した。

「取材のため、と言えば何をしてもいい、と思ってしまうんです。あのときの私がそうでした」

早苗が淳子を見た。

「タクシーを拾いましょう」

淳子が素早く手を上げて、いかにも慣れた手つきで空車を停めた。

――タクシーの中で、淳子は続けた。

「何も知らずに帰って来た美沙さんにカメラとマイクを向けて……。後になると、どうしてあんなことができたのかと思いますけど、そのときはただ、自分だけのスクープだ！という、それしか頭になかったんです」

「――それでTV局を辞められたんでしたね」

と、早苗は言った。

「ええ。でも、辞めたからといって、悔む気持が消えるものじゃありません。あのとき、家へ行こうとする美沙さんを止めなかった……。あの何秒間かが、ずっと私の人生について回るんです」

早苗は、紙袋から、美沙と両親の写真を取り出して、見た。

「――私も、ご両親の顔を、それで初めて見たようなものです」

と、淳子は言った。「あのときは、二人とも、もう……顔なんか見分けられなくなっていましたから」

「美沙ちゃんが、こんなに色んな物を持ってたなんて」

と、早苗は言った。「私も初めて見ました。――いつも、自分の物は何もないんだと言っていたのに。昔のことなんか、もう忘れたって」

淳子は、窓の外へ目をやって、

「忘れなければ、生きて来られなかったでしょうね。そうやって自分を守っていなければ……」

と言った。

あの家。——淳子は恐ろしかった。

まるで、今、自分が過去に向って走っているような気がした。

その家は、まるで通い慣れた場所ででもあるかのようで、とても初めてとは思えなかった。

ここだ。——ここなんだ。

江田は、柳原美沙のしまっていた新聞の切抜きで、この家の写真を見ていたのだ。

ここでなきゃ、意味がない。そうだ。

あの落合淳子だって、ここで柳原美沙にインタビューすることは考えていなかった。俺がそれをやって、びっくりさせてやる。

TV局のプロデューサーが、江田の持って行ったビデオを見て目を丸くするのが、はっきりと想像できる。

「これは凄い！　ぜひ放映させてくれ！」

向うから頼んでくるだろう。江田の名は、一躍業界に知られるようになる。

江田は、その家の前に立って、胸のときめくのを覚えた。――今は〈内藤〉という表札がかかっている。

たぶん、全くの他人が入居しているのだろうが、取材だと言えば、喜んで協力してくれるだろう。TVにこの家が出るんだ！

チャイムを何度か鳴らしたが、返事がない。

ドアを叩いてみたが、同じことだ。

「――内藤さんにご用？」

と、表を通りかかった女が声をかけて来た。

「お出かけですか」

「今ね、旅行中。あと一週間もすりゃ帰ってくるわよ」

「一週間……」

「そう。たぶんね。私もはっきりは知らないけど……」

女が行ってしまうと、江田は、しばらくその玄関前に突っ立っていた。

あの柳原美沙の両親は、この中で殺されていたのだ。父親は居間で、母親は玄関で。

そう。中で取材しなくては。表じゃだめだ。その現場で撮るんだ。

江田は、ドアを開けようとした。むろん、鍵がかかっていて、そう簡単には開かない。

江田は、手ごろな石を拾ってくると、力一杯ドアの鍵の部分に叩きつけた。

三人は、ほとんど無言で、その家が見える所までやって来た。

先に立っているのは、もちろん修で、その後ろに美沙、そしてまた少し後ろに美樹がついて来ていた。

「――修さん」

と、美樹が言った。「ここ、あなたが事故に遭った――」

「うん」

修は振り返った。「――憶えてるかい？」

美沙は、答えなかった。

目の前に、あの家がある。両親の、あの悲惨な死の後も、少し暮しはしたが、今こうしてそばに来てみると、前よりもずっと恐ろしい。

修は、その家の前に立って、周りを見回した。

「ここへ来い、ってことだったんだけどな」

「警察を呼んだら？」

と、美樹が言った。「だって、美沙さんの物を盗んだのよ。泥棒だわ」

「ああ。だけど、このことは僕が解決しなきゃいけないことなんだ」

と、修は言った。「分るね、美沙ちゃん」

美沙は無言で立っていた。

「――でも、どこにもいないわ」

と、美樹は言った。

「あの家……。玄関のドアが開いてる」

修は、ドアが少し開いたままになっているのに気付いた。近付いてみると、鍵の辺りに傷がいくつもついている。

「――ここにいるんだ、二人とも」

と、修は言った。

「どうするの？」

「中へ入って、調べてくる」

「やめて！」

と、美沙が反射的に叫んだ。

「大丈夫。――美樹ちゃん、その子を見ててくれよ」

「ええ」

美樹は、美沙の肩をしっかりと抱いた。

修は、玄関のドアを大きく開けると、中へ入って行った。

「お母さん……」

と、美沙が呟くように言った。

「あなたのお母さん、ここで亡くなったんでしょう？」

「ええ。でも――」

と、美沙は、美樹の手を振り離して、「お母さんが殺される！」

と、駆け出そうとした。

そのとき、

「美沙ちゃん！」

と、呼ぶ声がして、早苗と落合淳子が急いでやって来た。

「江田君はいた？」

と、淳子が訊く。

「分らないけど――玄関のドアが壊してあったんです」

と、美樹が言った。「今、修さんが中へ入って行ったところです」

「ドアが？」

淳子には分った。――江田は、もう「取材」することしか頭にない。そのためなら、ドアを壊してでも、中へ入っていくだろう。

「危ないわ」

と、淳子は言うと、「江田君！　やめて！」

と叫んだ。

美沙が、美樹の手を振り払って駆け出した。

「待って！」

と、美樹が叫ぶ。「美沙さん！」

淳子は、その瞬間、思い出した。耳の中に、あの声が響いた。

「止めてくれ！」

止めろ！　その子を止めろ！

どうして止めなかった！　お前のせいだ！

決して、もう二度と。もう二度と、あんなことはくり返さない。もう二度と！

淳子は駆け出した。

そして、玄関から今、正に中へ入ろうとしていた美沙をつかまえると、引き戻して自分が中へ入った。

「江田君！」

淳子は、目の前の後ろ姿へ呼びかけた。

振り向いた江田は、左手に小型の八ミリビデオカメラを構え、ファインダーに目を当てていた。

そのレンズを淳子へ向けて、

「取材中なんです！」

と言った。「邪魔しないで下さいよ」

江田の右手が、尖った小ぶりの包丁をつかんでいた。血が服に飛んでいる。

「何をしたの！」

「取材の妨害をしたからです！」

と、江田は怒ったように言った。「落合さん、あなたも僕のことを除け者にしたんだ！」

「馬鹿言わないで！」

江田の向うに、佐伯修が左腕を押えているのが目に入った。

「僕は大丈夫。美沙ちゃんを——」

美沙が飛び込んで来る。修が、

「来ちゃだめだ！」

と叫んだ。

淳子が美沙の行手を遮ろうと飛び出した。

江田が玄関へ出て来ようとするのと同時だった。

淳子が短く声を上げる。——美沙が息を呑んだ。

江田の手にした包丁の先が、淳子の背中に食い込んでいた。

「どうしてだ！」

江田が包丁から手を離し、カメラを投げ捨てると、「畜生！　——畜生！」

と、声を震わせながら外へ出て行く。

淳子がズルズルと崩れるように膝をついて、修が駆けつけ、右手でやっと抱き止めた。

「——今度は、止めたわ」

と、淳子は言った。「そう言って。今度は止めたって……」

「ええ。分りました」

と、修は言った。「じっとして！」

表で叫び声が上った。

修は、玄関から飛び出して行った。

美沙が、

「行かないで！」

と、呼んだ。「行かないで！」

表へ出ると、美樹が、

「通りへ逃げてったわ！」

と言った。「けがしてる！」

「大丈夫、ちょっと切っただけだ。早苗さん、中を！　落合淳子が刺された！」

修は、フラフラとよろけるように走って行く江田の姿を見て、後を追った。

江田を見て、通りかかる人が悲鳴を上げて散った。修に切りかかったときと、落合淳子を刺した返り血が顔にも飛んでいるのだ。誰でもびっくりするに決っている。

「取材なんです！　――取材なんだ！」

と、江田は甲高い声で言いながら駆けて行く。

修は、江田が周囲のことなどまるで気付かずに広い通りへ飛び出ていくのを見た。トラックがやってくる。信号は青で、スピードを上げていた。

修は走った。

江田が呆然と立ち止る。道の真中で。

クラクションが鳴った。

美沙は、早苗がやってくると、

「あの人は？」

と言った。

「江田君を追いかけて――」

美沙が外へ駆け出す。

「修さん！」

美樹が悲鳴のような声を上げるのと、甲高いクラクションの音が重なった。

美沙は、足を止めた。

美樹が夢中で駆けて行く。——他の車の急ブレーキ、追突してガラスの砕ける音。

美沙は、走り出した。

トラックが真横に道を遮って停っていた。

美樹が、

「修さん！　——修さん！」

と呼ぶのが聞こえる。

美沙は、何が起ったのか、察した。

修は、ガードレールの下に倒れていた。トラックがはね飛ばしたのだ。

「救急車を呼んで！」

と、美樹が叫んでいた。

人が集まって来た。何人かが急いで駆けて行く。

美沙は、倒れている修と、そのそばに座り込んでいる美樹を見た。——いつか、見たことがある光景のような気がした。いや、こうなることを知っていたような……。

「美樹ちゃん……」

と、修が目を開いて、言った。

「修さん！　今、救急車が来るからね！」

「いいんだ……、お願いだ。その子と二人にして……」

美樹は、涙に濡れた目で美沙を見上げた。

「ごめんなさい」

美沙は膝をついて、美樹に言った。

「いいえ……。そばにいてあげて」

美樹は立ち上ると、集まった人たちをかき分けて、泣きながら駆けて行った。

「美沙……」

「ここにいるわ」

美沙は、かがみ込んだ。囁くように言った。

「泣かないで……」

「お母さん！」

「こうならなきゃいけなかったのよ……」

母の声、母の眼差《まなざ》しだった。

「せっかく……会えたのに」

「美沙……。お母さんはね、あなたが人を恨まないで生きていけるって確かめるために、生かしてもらったのよ」

母の手が、美沙の手を握る。

「憶えてる……。お母さんの手……」

美沙は涙で濡れた頬に、その手を押し当てた。「もう少し……もう少しそばにいてほしかったのに……」

「もう、あなたは大丈夫……。ずっと……ずっと心残りだったの。あなたに別れも言えなかったこと……」

「お母さん――」

「もう一度呼んで。よく聞こえない……」

「お母さん……。お母さん……」

美沙は、何度もくり返したが、何度めまでが届いたのか、それはもう分らなかった。

「――救急車が江田さんを運んで行ったわ」

と、美沙は早苗に言った。「たぶん、助からないだろうって」

早苗は黙って肯いた。――むしろ、救われたような思いだった。

「落合さんは？」

「重傷だけど、急所はそれてるって……」

もう一台の救急車がサイレンの音も高く、走り去る。

美沙は、道の隅で、じっと背を向けてたたずんでいる美樹の後ろ姿を見て、

「早苗さん、先に〈明世園〉に戻って」

と言った。「私、美樹さんと二人でもう少しここにいる」

「ええ、分ったわ」

早苗が美沙の肩に手をかけ、そして足早に歩いていく。

美沙は、まるで長い長い眠りから覚めたようだった。六年間の眠りから。

「――美樹さん」

と、呼ぶと、細かく震えていた背中がゆっくりと伸びて、美樹は振り向いた。

二人は黙って手を取り合うと、目を見交わして、しばらく動かなかった。

「――美樹さん、私……」

と、美沙が言いかけると、

「いいの」

と、美樹は微笑んだ。「私――あの人を失ったけど……。でも、代りにあなたが残ってくれた」

二人は、手をつないだまま、一緒に歩き出した。

その足どりは――たぶん二人とも気付いていなかったが――しっかりと行く先を知って、迷いなく大地を捉えていた……。

解説

山前 譲

親子や兄弟姉妹《きょうだい》といった家族関係のなかで育まれていく絆がもたらした奇跡は、これまで多くの小説や映画でテーマになってきました。そこに死が絡んでいたならば、より読者や観客にインパクトを与えてきたはずです。まさにありえないことが起こっている本書『めざめ』は、じつにショッキングな殺人事件が発端となっています。しかし、メインテーマは母と娘の絆なのです。数ある赤川作品のなかでもとりわけそのテーマが印象的な長編小説なのは間違いありません。

柳原啓介《やなぎはらけいすけ》とその妻の美知代《みちよ》が、自宅で啓介の弟の隆士《たかし》に惨殺されてしまいます。金銭的なトラブルでした。十一歳の娘の美沙《みさ》はその日、バスで遠足に出かけていましたが、学校に帰ったところで事件のことを知らされます。そして飛び込んだわが家で目にしたのは両親の無残な姿でした。

同じ頃、近くの交差点で、中学二年生の佐伯修《さえきおさむ》がトラックにはねられてしまいます。

運ばれた病院で医師は心臓が止まったことを確認しますが、なんと一時間後、心臓が動き出したのです。そして意識を取り戻した少年は、家族に呼びかけられて戸惑います。修って誰？　私は美知代なのに？

我が子への愛がもたらした転生です。しかし、十四歳の少年にできることは限られるでしょう。どうにもならない自分がもどかしいものの、美知代は新しい家族と暮らしはじめるのでした。佐伯修として――。

事件と事故から六年後、修は通っていた大学をやめ、美沙のいる東京の大学に入り直して、東京で暮らすようになりました。もちろんそれはわが娘が今どんな暮らしをしているのか、確認したかったからです。事故の現場を訪れました。付き合ってくれたのは同じ学部に通う従妹《いとこ》の高倉《たかくら》美樹《みき》です。そして近所の人の話で、ひとりぼっちになってしまった美沙のその後を知るのでした。今は施設で暮らしているというのです。

そこを訪れてこっそり見た美沙は、外見的には十一歳のころとほとんど変わりはありませんでした。しかしその言動に大きなショックを受けます。修への違和感を隠さない、そして彼への好意を隠さない美樹にヒヤヒヤさせられながらも、母は娘に接近していくのでした。

赤川作品には非日常的な設定の作品が少なくありません。

〈天使と悪魔〉シリーズのマリとポチは、天使と悪魔が少女と犬に姿を変え、人間界で苦労して生活しながら事件を解決しています。〈華麗なる探偵たち〉シリーズは、ダルタニアンやシャーロック・ホームズなど、歴史上の偉人だったり小説の有名な登場人物だと思い込んでいる人たちが登場していました。

『夢であいましょう』の主人公の佑香は二十八歳のＯＬですが、ある日目覚めると小学生になっています。『我が愛しのファウスト』では冴えないサラリーマンがある日目覚めると、才能溢れるプロジェクト・コーディネーターに大変身！

『ひとり夢見る』のひとみは十八年前にタイムスリップして、若き日の母と映画で共演しています。〈百年の迷宮〉シリーズの第一作である『霧の夜の戦慄』では、スイスに留学した主人公が一八八八年のロンドンへと飛び、切り裂きジャックを捕まえようとしていました。

　そして肉親との不思議な関係といえば、やはり大林宣彦監督による映像化が話題となった『ふたり』でしょう。中学生の北尾実加とその姉で高校生だった千津子の物語です。ある朝、登校途中の千津子が交通事故で死んでしまいます。打ちひしがれる実加でしたが、なぜか姉の声が頭の中に聞こえてくるようになったのでした。崩壊していく家族に悩む実加の周囲でさまざまな事件が起こりますが、それを支えてくれたのが千津子です。そして時は流れ――『いもうと』では二十七歳になった実加が主人公となっていました。

　小学校から帰ってくると長年寝たきりだった姉が死んでいた……。『怪談人恋坂』の郁子はさらに通夜の席で姉から衝撃的な事実を知らされます。そして高校生になった郁子が姉の死の真相や、自分の出生の秘密を探りはじめるこのミステリアスな物語からも、姉妹の強い絆が伝わってきます。

　やはり大林監督の手で映像化された『午前0時の忘れもの』（映画のタイトルは『あした』）はさまざまな絆が重なり合っていました。四十人余りが乗っていた長距離バスが湖に転落してしまいます。何人かの遺体は湖底に沈んだままでしたが、その犠牲者から遺族へ思いもよらぬメッセージが届くのです。深夜のバスターミナルで愛する人たちへ別れを告げるのでした。

　『めざめ』と同じように家族の深い絆が導いた奇跡でしたが、『めざめ』では社会との絆を意識させられる場面も多々あります。美沙が日常生活の場としているのは、赤ちゃんから高校生までが一緒に暮らしている施設でした。親を亡くしたり、親から捨てられた子たちが暮らしている施設なのです。「社会的養護」の仕組みのなかに位置づけらる、大変重要な施設です。

　『めざめ』は二十世紀末、一九九七年三月に新潮文庫から書き下ろし刊行されました。それからずいぶん時は流れましたが、こうした施設の重要性はますます高まっているようです。

　近年では親の虐待に起因して施設で預かるケースが増えているとのことですが、その萌芽はここでも見ることができるでしょう。そして、「社会的養護」が行き届かず悲しい事態を迎えてしまったケースが、このところじつにたくさん報じられているのは言うまでもありません。

家族との絆が断ち切られてしまったからには、社会との新たな絆を築いて自立していかなければならないでしょう。二〇二四年四月に施行される改正児童福祉法によって自立支援の年齢上限は撤廃されることになっていますが、長らく施設にいられるのは十八歳まででした（二十二歳まで在籍延長もできるようですが）。施設で育まれた新しい絆にもう頼ることができない——生活費や進学費用の支援はもっと広い社会の絆に託されるべきものでしょう。

我が娘を見守りたい母の悲痛な思いが佐伯修に込められ、施設で生活している美沙の日常に視線が向けられていきますが、もうひとつ彼女に重くのしかかってくるのは「犯罪被害者の家族」という立場です。

彼女の両親が殺された事件は、じつにセンセーショナルなものでした。現場にいち早く駆けつけたレポーターの落合《おちあい》淳《じゅん》子《こ》は、その時の対応で失ったＴＶ業界での絆を、被害者家族である美沙を改めて取材することで、取り戻そうとしています。しかし強引に美沙が住む施設に接近し、トラブルを招くのでした。

『めざめ』が書かれたのはネット社会がまだ成長しつつある時期だと言えるでしょう。インターネットの可能性を知る人は一般的には少なく、電子メールやネット上での掲示板の利便性はまだまだでした。しかし、ソーシャル・ネットワーキング・サービス（SNS）のその後の急速な発展ぶりについては触れるまでもないでしょう。あまりにも簡単に発言できるせいか、「犯罪被害者の家族」への心ない言葉が目立つようになってきました。

　視聴者はきっと興味をもつはずだ。レポーターの淳子は暴走してしまいます。そしてかろうじて信じていた絆に裏切られてしまいます。きっとネット社会で話題になるに違いないと思っての安易な書き込みが、いかに「犯罪被害者の家族」を傷つけることになるのか。それはけっして絆を作り上げることにはならないのです。『めざめ』の延長線上に「今」失われゆく絆があると言えなくはないでしょうか。

　とはいえ、物語の根幹にあるのはやはり美知代と美沙の絆です。転生した母と娘の微妙な関係が物語をしだいにスリリングなものにしていきますが、じつは転生したのは美知代だけではないのでした。美沙は佐伯修にこう語るのです。「私にとっては、あの前と後と、全然違う時間なの。違う世界っていうか……。あそこで私は一回死んで、また生れたんだって思ってる」と。その氷に閉ざされたような娘の心を解きほぐしていくのは、やはり母の愛なのです。ふたりの思いはきっと胸に深く刻まれることでしょう。

（やままえ・ゆずる　推理小説研究家）

『めざめ』一九九七年三月（新潮文庫）

中公文庫

めざめ

2023年３月25日　初版発行

著　者　赤《あか》川《がわ》次《じ》郎《ろう》

発行者　安部順一

発行所　中央公論新社
〒100-8152　東京都千代田区大手町1-7-1
電話　販売 03-5299-1730　編集 03-5299-1890
URL https://www.chuko.co.jp/

ＤＴＰ　ハンズ・ミケ
印　刷　大日本印刷
製　本　大日本印刷

Published by CHUOKORON-SHINSHA, INC.
Printed in Japan　ISBN978-4-12-207332-6 C1193

定価はカバーに表示してあります。落丁本・乱丁本はお手数ですが小社販売部宛お送り下さい。送料小社負担にてお取り替えいたします。

中公文庫既刊より

各書目の下段の数字はＩＳＢＮコードです。978－4－12が省略してあります。

あ-10-9　終電へ三〇歩　赤川次郎

リストラされた係長、夫の暴力に悩む主婦、駆け落ちした高校生カップル……。駅前ですれ違った他人同士の思惑が絡んで転がって、事件が起きる！

205913-9

あ-10-10　静かなる良人　新装版　赤川次郎

浮気をして家へ帰ると夫は血まみれで倒れていた。犯人探しにのりだした妻の千草は、生前気づかなかった夫の思いがけない一面を知る……。〈解説〉山前　譲

206807-0

あ-10-11　迷子の眠り姫　新装版　赤川次郎

クラス対抗リレーの練習に出かけた昼下がり、誰かに川に突き落とされた高校生の笹倉里加。病院で目を覚ました彼女に不思議な力が！〈解説〉山前　譲

206846-9

あ-10-12　いつもの寄り道　赤川次郎

出張に行ったはずの夫が、温泉旅館で若い女性とともに焼死体で見つかった。夫の手帳を手に入れ、事件の謎に近づく加奈子に危険が迫る！〈解説〉山前　譲

206890-2

あ-10-13　夜に迷って　赤川次郎

将来有望な夫と可愛い娘のいる沢柳智春。義父の隠し子や弟のトラブル解決に尽力するが、たった一度の過ちが噂になり追いつめられていく。〈解説〉山前　譲

206915-2

あ-10-14　夜の終りに　赤川次郎

三年前の殺人事件で記憶を失った母。別居中の父。殺人犯の夫が殺された矢先、娘の有貴が通り魔に襲われた。一家を陥れようとするのは……？〈解説〉山前　譲

206931-2

あ-10-15　招かれた女　赤川次郎

解決済みの女学生殺人事件の犯人が野放しになっていた。真犯人の似顔絵を探し始めた人々が命を狙われて——。傑作サスペンス・ミステリー。〈解説〉山前　譲

207039-4

あ-10-16
裁かれた女
赤川次郎

亡き父の秘密を探り無垢な子どもを狙うのは、闇に葬った罪を知る人？『招かれた女』から15年、さらに謎が深まるサスペンス・ミステリー続編。〈解説〉山前　譲

207107-0

い-74-7
そして誰もいなくなる
今邑　彩

名門女子校演劇部によるクリスティー劇の上演中、連続殺人は幕を開けた。台本通りの順序と手段で殺される部員たち。真犯人はどこに？　戦慄の本格ミステリー。

205261-1

い-74-8
少女Aの殺人
今邑　彩

深夜の人気ラジオで読まれた手紙は、ある少女が養父からの性的虐待を訴えたものだった。その直後、三人の該当者のうちひとりの養父が刺殺され……。

205338-0

い-74-15
盗まれて
今邑　彩

あるはずもない桜に興奮する、死の直前の兄の電話。十五年前のクラスメイトからの過去を弾劾する手紙——ミステリーはいつも手紙や電話で幕を開ける。

205575-9

い-74-19
鋏《はさみ》の記憶
今邑　彩

物に触れると所有者の記憶を感知できる、「サイコメトリー」能力を持った女子高生の桐生紫は、未解決事件の捜査を手助けすることに……。傑作ミステリー連作集。

205697-8

き-40-1
化学探偵Mr.キュリー
喜多喜久

周期表の暗号、ホメオパシー、クロロホルム——大学で起こる謎を不遇の天才化学者が解き明かす‼　至極の化学ミステリが書き下ろしで登場！

205819-4

き-40-2
化学探偵Mr.キュリー2
喜多喜久

過酸化水素水、青酸カリウム、テルミット反応——今日もMr.キュリーこと沖野春彦准教授を頼る事件が盛りだくさん。大人気シリーズ第二弾が書き下ろしで登場！

205990-0

き-40-4
化学探偵Mr.キュリー3
喜多喜久

呪いの藁人形、不審なガスマスク男、魅惑の《毒》鍋——学内で起こる事件をMr.キュリーが解き明かすが、今回、彼の因縁のライバルが登場して⁉

206123-1

各書目の下段の数字はISBNコードです。978-4-12が省略してあります。

き-40-10
死香探偵 連なる死たちは狂おしく香る 喜多喜久
人気作家のサイン本に一冊だけ付いたチョコレートの死香の謎など、分析フェチの准教授×死の香りを嗅ぎ分ける美青年の〈匂い〉に特化した化学ミステリ！
206693-9

き-40-12
死香探偵 哀しき死たちは儚く香る 喜多喜久
未解決事件を匂いで「嗅ぎ解いて」きた潤平と風間。ある日、潤平が特殊な薬品をかけられ嗅覚を失ってしまい⁉ 人気作第三弾！
206850-6

き-40-14
死香探偵 生死の狭間で愛は香る 喜多喜久
風間と同居することになった潤平。だがセキュリティーの高いマンションに、不審な死香が付着した郵便物が？ 人気シリーズ第4弾！ 文庫書き下ろし。
207015-8

く-19-10
ただいま家事見習い中 ハウスワーク代行・亜美の日記 鯨統一郎
家事代行会社のアルバイト・亜美が行く先で、トラブル発生！ 意外にも鋭い推理力を持つ亜美は、事件を解決へ導けるのか？ ハートウォーミングミステリ。
206585-7

く-19-11
恋と掃除と謎解きと ハウスワーク代行・亜美の日記 鯨統一郎
家事代行業のアルバイトも板に付いてきた大学生の樋口亜美。意外にも鋭い推理力で、今日も派遣先の事件を解決する！ ハートウォーミングミステリ第二弾。
206724-0

く-19-12
カルトからの大脱出 鯨統一郎
謎のカルト教団〈新しい神のルール〉に消えた娘を救うため保険営業員とマジシャンが奇跡を起こす。息つく間もない大・逆・転ミステリー！ 文庫書き下ろし。
207294-7

し-39-1
リビング 重松清
ぼくたち夫婦は引っ越し運が悪い……四季折々に紡がれる連作短篇を縦糸に、いとおしい日常を横糸に、カラフルに織り上げた12の物語。〈解説〉吉田伸子
204271-1

し-39-2
ステップ 重松清
結婚三年目、突然の妻の死。娘と二人、僕は一歩ずつ、前に進む——娘・美紀の初登園から小学校卒業まで。「のこされた人たち」の日々のくらしと成長の物語。
205614-5

し-46-1
アンダスタンド・メイビー（上） 島本理生

中三の春、少女は切ない初恋と大いなる夢に出会う。それは同時に、愛と破壊の世界へ踏み込むことでもあった――。直木賞候補作となった傑作、ついに文庫化！

205895-8

し-46-2
アンダスタンド・メイビー（下） 島本理生

憧れのカメラマンのアシスタントとなり、少女から大人への階段を歩み始めた黒江。ある事件を発端に、母親の秘密、隠され続けた自身の過去が明らかになる。

205896-5

し-53-2
駐在日記 小路幸也

昭和五十年。雉子宮駐在所に赴任した元刑事・周平と、元医者・花の若夫婦。平和なはずの田舎町で巻き起こるのは、日誌に書けないワケあり事件!?

206833-9

し-53-3
あの日に帰りたい　駐在日記 小路幸也

昭和五十一年。周平と花夫婦の駐在所暮らしはのんびり平和とはいかないようで!? 優しさとほんの少しの厳しさで謎を解く、連作短編シリーズ第二弾。

207068-4

つ-33-1
青空と逃げる 辻村深月

大丈夫、あなたを絶対悲しませたりしない――。突然、日常を奪われてしまった母と息子。壊れてしまった家族がたどりつく場所は……。〈解説〉早見和真

207089-9

て-11-1
架空の犬と嘘をつく猫 寺地はるな

羽猫家は、みんな「嘘つき」である――。これは、破綻した嘘をつき続けたある家族の素敵な物語。寺地はるなの人気作、遂に文庫化！〈解説〉彩瀬まる

207006-6

て-11-2
わたしの良い子 寺地はるな

出奔した妹の子ども・朔と暮らすことになった椿。決して《育てやすく》はない朔を、いつしか他の子どもと比べていることに気づき――。〈解説〉村中直人

207262-6

ひ-21-11
猿の悲しみ 樋口有介

弁護士事務所で働く風町サエは、殺人罪で服役経験を持つシングルマザー。ある日、出版コーディネーターが殺された事件についての調査を命じられる。

206141-5

各書目の下段の数字はISBNコードです。978－4－12が省略してあります。

ひ-21-13 **遠い国からきた少年** 樋口 有介

芸能界のフィクサーと呼ばれる男が、要求されている賠償金額を減らしたいと羽田法律事務所を訪れた。謎多き美脚調査員が、アイドルグループの闇を暴く！

206570-3

ひ-21-14 **亀と観覧車** 樋口 有介

人と関わらず生きることを夢見る16歳の涼子は、小説家だという初老の男と出会う――。青春ミステリの奇才が贈る一筋縄ではいかない一気読み「純愛」物語！

206629-8

ひ-21-15 **ピース 新装版** 樋口 有介

埼玉の山中で起きた連続バラバラ殺人事件。捜査が難航する中、ベテラン刑事が気づいた、ある遺体の特徴とは――。あとがき特別収録。〈解説〉郷原 宏

207101-8

ふ-48-1 **十六夜《いざよい》荘《そう》ノート** 古内 一絵

面識の無い大伯母・玉青から、高級住宅街にある「十六夜荘」を遺された雄哉。大伯母の真意を探るうち、遺産の真の姿が見えてきて――。〈解説〉田口幹人

206452-2

ふ-48-2 **銀色のマーメイド** 古内 一絵

大人気「マカン・マラン」シリーズの原点！ 中学水泳部を舞台に、ジェンダーの垣根を超えた熱血×感動の青春物語が登場です。

206640-3

ほ-17-6 **月光** 誉田 哲也

同級生の運転するバイクに轢かれ、姉が死んだ。殺人を疑う妹の結花は同じ高校に入学し調査を始めるが、やがて残酷な真実に直面する。衝撃のR18ミステリー。

205778-4

ほ-17-18 **あなたの本 新装版** 誉田 哲也

これは神の悪戯か、一冊の本が狂わす人間の運命――表題作をはじめ、万華鏡の如く広がる七つの小説世界。新たに五つの掌篇を収録。〈解説〉瀬木広哉

207250-3

ほ-17-19 **主よ、永遠の休息を 新装版** 誉田 哲也

暴力団事務所との接触で、若き通信社記者は、ある誘拐殺人事件の犯行映像がネット配信されている事実を知るが……。慟哭のミステリー。〈解説〉瀬木広哉

207309-8

み-51-2
愛なき世界（上）
三浦しをん
恋愛・生殖に興味ゼロの院生・本村紗英に、洋食屋の見習い・藤丸陽太が恋をした。一途で変わり者ばかりの研究室を舞台に、愛とさびしさが共鳴する傑作長篇。
207143-8

み-51-3
愛なき世界（下）
三浦しをん
葉っぱの研究を続ける本村紗英が起こした大失敗。窮地に光を投げかけたのは料理人・藤丸の反応で――世界の隅っこが輝き出す日本植物学会賞特別賞受賞作。
207144-5

わ-16-1
プレゼント
若竹七海
トラブルメイカーのフリーターと、ピンクの子供用自転車で現場に駆けつける警部補――。間抜けで罪のない隣人たちが起こす事件はいつも危険すぎる！
203306-1

わ-16-2
御子柴くんの甘味と捜査
若竹七海
長野県から警視庁へ出向した御子柴刑事。甘党の同僚や上司からなにかしらスイーツを要求されるが、日々起こる事件は甘くない――。文庫オリジナル短篇集。
205960-3

わ-16-3
御子柴くんと遠距離バディ
若竹七海
長野県警から警視庁へ出向中の御子柴刑事は平穏な日々を送っていたが、年末につぎつぎと事件に遭遇し、さらには凶刃に襲われてしまう！　シリーズ第二弾。
206492-8

よ-39-1
それからはスープのことばかり考えて暮らした
吉田篤弘
路面電車が走る町に越して来た青年が出会う、愛すべき人々。いくつもの人生がとけあった「名前のないスープ」をめぐる、ささやかであたたかい物語。
205198-0

よ-39-3
小さな男＊静かな声
吉田篤弘
百貨店に勤めながら百科事典の執筆に勤しむ〈小さな男〉。ラジオのパーソナリティの〈静香〉。ささやかな日々のいとおしさが伝わる物語。〈解説〉重松　清
205564-3

よ-39-6
レインコートを着た犬
吉田篤弘
〈月舟シネマ〉の看板犬ジャンゴは、「犬だって笑いたい」と密かに期している。小さな映画館と、十字路に立つ食堂を舞台に繰り広げられる雨と希望の物語。
206587-1

各書目の下段の数字はISBNコードです。978－4－12が省略してあります。

あ-88-2
もののふの国
天野純希
源平、南北朝、戦国、幕末――この国の歴史は何者かに操られている。武士の千年に亘る戦いを一冊に刻みつけた驚愕の歴史小説。特別書き下ろし短篇収録。
207290-9

あ-92-2
死にがいを求めて生きているの
朝井リョウ
植物状態のまま眠る青年と見守る友人。二人の間に横たわる〝歪な真実〟とは？　平成に生まれた若者たちが背負った、自滅と祈りの物語。〈解説〉清田隆之
207267-1

い-117-2
シーソーモンスター
伊坂幸太郎
元情報員の妻と姑の争い。フリーの配達人に託された謎の手紙。時空を超えて繋がる二つの物語。運命は変えられるのか。創作秘話を明かすあとがき収録。
207268-8

い-124-2
コイコワレ
乾ルカ
日本の敗色濃厚な第二次大戦末期。相剋するふたりの少女が、目覚め、祈るとき……。新しい世界の物語が始まる。特別書き下ろし短篇収録。〈解説〉瀧井朝世
207292-3

お-100-1
ウナノハテノガタ
大森兄弟
海の民の少年オトガイは父からある役目を引き継ぐ。山の民の少女マダラコは生贄の儀式から逃れて山を下りる。二つが出会い、すべてが始まる原始の物語。
207279-4

さ-74-3
月人壮士《つきひとおとこ》
澤田瞳子
母への想いと、出自の葛藤に引き裂かれる帝――国のおおもとを揺るがす天皇家と藤原氏の綱引きを背景に、東大寺大仏を建立した聖武天皇の真実に迫る物語。
207296-1

や-76-1
蒼色の大地
薬丸岳
時は明治。幼なじみであった新太郎、灯、鈴。「海」と「山」、決して交わることのない運命に翻弄され、彼らはやがて国を揺るがす戦争に巻き込まれていく。
207287-9

よ-39-9
天使も怪物も眠る夜
吉田篤弘
二〇九五年、〈壁〉によって東西に分断された東京では、誰もが不眠に悩まされていた。睡眠薬開発を巡る攻防は、やがて「眠り姫」の謎にたどり着く……。
207288-6